"创新报国70年"大型报告文学丛书

中国科学院 中国作家协会 中国科学技术协会 联合组织创作

托卡马克之谜

武歆 著

浙江教育出版社·杭州

指导委员会、编辑委员会成员名单

指导委员会

主　任：白春礼　钱小芊

副主任：侯建国　白庚胜　谭铁牛　徐延豪　王春法

委　员：袁亚湘　杨国桢　万立骏　陈润生　周忠和

　　　　林惠民　顾逸东　康　乐　崔　鹏　郑　度

　　　　安芷生　万元熙　王扬宗　樊洪业

编辑委员会

主　编：侯建国

副主编：周德进　彭学明　郭曰方　郭　哲

编　委：冯秋子　王　挺　徐雁龙　范党辉　孟令耘

　　　　孟英杰　潘亚男　郑培明

项目组成员

周德进　徐雁龙　孟令耘　孟英杰　赵　耀　马　强

王紫涵

今年是中华人民共和国成立70周年。70年时间，在历史的长河中如白驹过隙，但在中华民族的历史上却是浓墨重彩。中国人民在中国共产党的领导下，从苦难深重的旧中国站起来，在一穷二白的条件下富起来，在百年未遇的变局中强起来，中国特色社会主义事业取得了一个又一个巨大成就。

成立于1949年11月1日的中国科学院，始终与祖国同行、与科学共进——70年来，在党中央、国务院的坚强领导下，几代科学院人不懈努力、顽强拼搏，始终以"创新科技、服务国家、造福人民"为己任，为我国经济发展、社会进步、国家安全等诸多方面做出了重大贡献，成为党、国家、人民可以依靠和信赖的国家战略科技力量。70年峥嵘岁月，中国科学院产出了一大批创新报国的科研成果，涌现出一大批创新报国的先进代表和典型事迹，几代中国科学院人共同谱写了创新报国的华彩乐章。

"创新报国"是中国科学院的优良传统。无论是1965年在世界上首次人工合成牛胰岛素，抑或1988年北京正负电子对撞机首次对撞成功，还是2017年构建天地一体化广域量子通信网络，中国科学院人创新报国矢志不渝。以北京正负电子对撞机为例，邓小平在参观北京正负电子对撞机国家实验室时指出："任何时候，中国都必须发展自己的高科技，在世界高科技领域占有一席之地……高科技的发展和成就，反映了一个国家和民族的能力，也是一个国家兴旺发达的标志。"北京正负电子对撞机的建成，奠定了我国在粒子物理学领域的国际领先地位，是继"两弹一星"之后，我国在高科技领域的又一重大突破性成就。党的十八大以来，习近平总书记始终把创新摆在国家发展战略全局的核心位置，指出"科技是国家强盛之基，创新是民族进步之魂"。中国科学院发扬创新报国的优良传统，不辱使命，再立新功，从"中国天眼"、散裂中子源等重大科技基础设施，到"悟空"号暗物质探测器、"墨子"号量子实验卫星、"慧眼"硬X射线调制望远镜卫星等系列科学实验卫星，再到铁基高温超导、多光子纠缠、中微子振荡新模式、水稻分子育种、量子反常霍尔效应等基础前沿重大创新成果，都充分体现了国家战略科技力量的使命担当和实力水平。

"创新报国"是中国科学院人科学精神的集中体现。无论是扎根边疆、献身植物科学研究的蔡希陶先生，坚持实地调研、重视一手资料的地理学家周立三院士，还是时代楷模"天眼"巨匠南仁东先生、药理学家王逸平先生，他们都用毕生的科学实践诠释了求实、创新、奉献、爱国的科学精神。以南仁东先生为例，为了给"天眼"选址，他跋山涉水，在贵州的深山里奔波了12年；身为项目首席科学家兼总工程师，他淡泊名利，长期默默无闻工作在一线。我们要珍惜这些宝贵的精神财富，大力弘扬他们在科研工作中体现出来的科学精神和专业精神，营造良好的创新文化氛围，推动创新文化建设，增强广大科研工作者的历史使命感和责任感。

"创新报国"是中国科学院科学文化的核心理念。科学文化是影响创造性科研活动最深刻的因素，是科学家创造力最持久的内在源泉。基础研究和原始创新要求科学家具有勇于探索、敢为人先的创新精神，严谨认真、锲而不舍的治学态度，无私忘我、甘于奉献的崇高人格，不辱使命、至诚报国的伟大情怀。中华人民共和国成立之初，百废待兴、百业待举。竺可桢、吴有训等一批饱经战火洗礼的爱国科学家毅然选择留在新中国；赵忠尧、钱学森、郭永怀等一批优秀科学家纷纷放弃海外优厚的生活条件，克服重重阻挠回到祖国。在当时十分艰苦的条件下，他们以高度的爱国热忱投身于新中国的科技事业，积极参与新组建的中国科学院的建设，研制"两弹一星"，制定"十二年科技规划"等，使新中国许多空白领域得到填补，新兴学科得到发展。中国科学院70年的奋斗历程，始终依靠的就是这种文化和精神，我们必须珍视和弘扬。

"创新报国"对新时期我国科学文化建设具有重要意义。科学文化本质上是一套行为准则、社会规范和价值体系，包含科学知识、科学方法、科学思想、科学精神等方面。一方面，"创新报国"已经内化为我国科学文化的一部分。"服务国家、造福人民"不但是广大科技工作者的历史使命和社会责任，也是科技工作的出发点和落脚点。另一方面，科技工作者在具体的创新活动实践中，不断深化和丰富了科学文化的内涵。他们所取得的面向世界科技前沿、面向国家重大需求、面向国民经济主战场的创新成果，帮助我们进一步坚定了民族自信和文化自信，为科学文化建设提供了强有力的科技支撑。

五年前，出于提高全民族科学文化素养的共同责任，中国科学院、中国作家协会、中国科学技术协会前瞻性地部署了"创新报国70年"大型报告文学丛书项目，目的是聚焦"创新报国"的主题，回顾我国70年重大创新成就，展现杰出科技工作者群体风貌，倡导科学精神、奉献精神和创新精神，弘扬爱国主义、集体主义和理想主义。

五年时光，倏忽而逝。这期间，作家舟车劳顿、深入基层采风，审读专家埋首伏案、逐字逐句精心审读，中国科学院研究所同志翻检档案、提供支撑保障，中国作家协会、中国科学技术协会、中国科学院机关和工作团队的同志们鼎力支持、居间协调，浙江教育出版社的同志仔细审稿、严控质量。几许不眠夜，甘苦寸心知。而今，"创新报国70年"大型报告文学丛书首批作品即将付梓与读者见面，相信这批融合了科学与文化、倾注了心血与智慧的作品，这套向历史致敬、向时代献礼的报告文学，能让我们重温激情燃烧、砥砺奋进的70年岁月，进一步坚定执着前行、无悔奋斗的信念，去努力实现建成世界科技强国的美好梦想。

中国科学院院长、党组书记

白春礼

中国科学院学部主席团执行主席

2019年6月

目录

第一章　群英会 / 001

第二章　领跑·东方超环——"人造太阳" / 017

第三章　并跑·HT—7 / 093

第四章　董铺岛·科学岛 / 141

第五章　那些年、那些人、那些事 / 161

第六章　核聚变外交，还有我们的"堆" / 217

第七章　坚定的基石 / 241

后记 / 273

丛书出版后记 / 277

第一章　群英会

Chapter One

一

一个人在其一生中，有着许多重要的值得纪念的节点，比如生日、结婚日；也会有永远难以忘怀的场景，比如背上书包走进小学校门的那个阳光灿烂的早上、接过毕业证书离开大学校园的那个忧伤的黄昏……正是这些带着情感的纪念节点、温暖的场景，建构了一个人的精神骨架，由此才得以让一个人真正拥有生命的全貌。

一个人在历史长河中微不足道，但无论怎样都必须承认，"这个人"真实存在过，在这个世界上留下过真实的气息和真实的情感，曾经在大地上划过一道或轻或重的人生旅痕。

每个人都有自我情感图谱，也都有自我情感的喷发点。

那么，一个集体呢？

一个集体犹如一个放大的人，也会有情感印记和行走轨迹。只不过一个集体会承载着更多人的情感、更多人的回忆；在集体情感和回忆中，一定会有交叉、一定会有碰撞，因此也就一定会有更加多彩的画面。

今天我们的目光，聚焦在这样一个集体——中国科学院等离子体物理研究所（简称等离子体所）。

相信生活中绝大多数人，很少听说过这个研究所，尽管等离子体存在于我们生活的每个角落，与我们生活密切相关，但它依旧远离人们的日常认知，在大多数人的知识储备中，并没有等离子体这个概念。当然，大多数人也不会知道2018年9月19日对于等离子体所的重要性。

但只要有机会走近等离子体所这个集体，有机会倾听他们、端详他们、了解他们，"你""我""他"都会被深深地感动，会不由自主地敬佩这个集体；你一定会感慨地回望他们的脚步，也一定会认真端详他们脚步之下深深的奋争的印痕。在这个印痕之中，有着太多的喜怒哀乐。因为那些印痕，蕴藏着一代人、两代人的艰苦奋斗和不懈追求，有着他们的青春、工作、生活以及所有与生命有关的顽强印记。

2018年9月19日，再一次铭记这个日期。一定要记住这个日子，在心中多念几遍，把它牢牢地记下来。因为这一天是等离子体所40岁生日，因为这一天是等离子体所的又一个"生命起点"。

二

在安徽合肥西北近郊、距离市区 7 千米的地方，有一个三面环水、绿树环抱的小岛，它的名字叫科学岛。

9 月 19 日这一天，平日安静的科学岛，突然犹如过节一样热闹。很早就有许多车驶上这个小岛，有许多兴奋的人走上这个小岛。

这些人、这些车走上整修一新的蜀山湖大桥，沿着岛上的迎宾路向前走。1982 年修建的蜀山湖大桥，经过重新维护整修，像是一把锋利的青色之剑，把清澈的湖水一剑劈开，使小岛与外界通联。无论春夏秋冬还是清晨黄昏，在这座岛上工作、生活过的人，只要走上这座大桥，内心深处就会有一种意味深长的感觉，就会不由自主地停下来眺望水面，内心与水面波纹一起荡漾。

走下长长的大桥，踏上迎宾路的那一瞬间，会产生一种最鲜明的感觉，空气立刻清爽起来，世界无边无际起来，心情也会随风荡漾。要是在炎热的夏季，无论大桥那一端怎样酷热，靠近小岛的这一端，都能够感到异常的凉爽。因为什么？因为科学岛上绿化率比合肥其他地区高出一大截，这样的凉爽感觉当然就会异常明显了。

那些车、那些人，已经踏上科学岛。

离开科学岛已经很多年的老人们发现了许多变化。这些变化，让他们再一次放慢脚步。

道路两旁树木的枝叶，自然地向道路中间弯曲，像是绿色的穹顶；路两旁是浩渺的水面，水面上粼粼光泽倒映到树叶上；树叶上的亮光再跳跃到地面上，仿佛一条闪光的绿色甬道向前方延伸，笔直地延伸。

他们向前走，兴奋地向前走。汽车声、脚步声、拐杖声、笑声、单车铃声、问候声……所有的声音在迎宾路的拐弯处集合；然后这些声音开始汇合、开始凝聚；再然后，又沿着"创新大道"继续向前走。

向前走，所有的脚步、所有的声音都整齐地飘向小岛的西北方向，一直到尽头，这时候所有的声音汇聚成了一个有力的、欢快的：

生日快乐！

三

庆祝大会开始了。

大会在全超导托卡马克核聚变实验装置（EAST）实验控制大厅开幕。蓝色的屋顶，仿佛无边的宇宙太空；环形的大厅，像一个握紧的拳头。这个拳头象征着团结、庆祝、欢呼、加油、展望……科学实验时静寂、严谨的大厅，此刻却是欢声笑语。笑声激荡在大厅的每一个角落，把空气中的原子、分子、离子……瞬间激活了，它们到处翻飞、飘扬，它们喜欢热闹，它们非常活泼，它们一定要寻找热烈的掌声，它们要与曾经熟悉的人们相遇……它们找到了曾经日夜相伴的主人，它们与人们的掌声终于融合在一起……在掌声中，许多人仿佛听见了40年前的掌声。

40年前的掌声来自北京，来自人民大会堂。那是1978年3月18日，全国科学大会在北京召开。从那以后，中国"科学的春天"来到了。

没有北京40年前的掌声，也就没有现在科学岛上的掌声；

没有 40 年前北京播撒下的种子，也就没有现在科学岛上的收获。历史就是这样勾连，就是这样打通的。

EAST 实验控制大厅的上方悬挂着"等离子体所四十年发展回顾暨磁约束聚变工程物理展望会议"的横幅。这就是等离子体所的特点，即使是回望的庆祝大会，也要把他们的工作性质完美清晰地展现出来。这就是等离子体所的风格！40 年前这样，40 年后依旧这样。他们严谨的精神始终没有改变。

安徽省委常委、副省长邓向阳代表安徽省委，向等离子体所 40 年走过的辉煌路程表示祝贺；科技部国际核聚变能源中心主任罗德隆、合肥市副市长朱策以不同方式表示真诚的祝贺；中国科学院合肥物质科学研究院院长匡光力对磁约束核聚变研究从跟跑、并跑到领跑的历程做了深情回顾，他情真意切的总结，赢得了全场热烈的掌声。

在这喜庆热烈的祝贺声中，科学岛上曾经熟悉的身影出现在人们热盼的视野之中——

平静的霍裕平院士、和蔼的万元熙院士来了；等离子体所的老朋友、美国马里兰大学原副校长刘全生来了；优秀毕业生、中国工程院院士汤广福也来了。因为各种原因没来但曾经有过合作或是相互联系的单位和个人，他们不会留有任何遗憾，因为接下来等离子体所党委书记张晓东开始宣读来自各方的贺电，他沉静淡定，口齿清晰，每一个被宣读贺电的单位和个人，都会引发大家的无限回忆。中国科学院合肥研究院副院长、等离子体所所长万宝年做主题报告，他姿态轻巧，一口江苏口音，还伴有永远举重若轻、不急不慌的神情。大会由中国科学院合肥物质科学研究院院长助理、等离子体所常务副所长宋云涛主持，他平静的风格一如既往，使得会议进程有条不紊，充满和谐欢乐。

大会的进行，其实也是人们的一次回忆。今天飞奔的脚步永远和昨天的强力起跑密切相关。

台下那么多人，大家时而安静，时而欢快。从与会者的目光中，能看到曾经同事而又多年不见后的感慨。即使部分与会者经常相见，也总有说不完的话语。所有的情绪、所有的感触，都在这个庆祝大会上真实呈现，都交织在曾经紧张严肃安静的 EAST 实验控制大厅中。

40 年，在历史长河中只是短暂瞬间，但对于等离子体所来说，40 年的时间似乎也不算短了，有那么多的开心、苦恼，那么多的欢快、郁闷……曾经的工作情绪、生活经历、内心情感，此刻都在大厅上空翻卷着……

"时间"是一部具有特殊扫描功能的机器，分针的每一次移动，都会推动时针的一次慢移，在时间的光盘上留下不可磨灭的痕迹。"时间"的记忆力异常惊人！它什么都能记下。40 年时光怎么能遗忘与这个光荣奋斗的集体有着密切联系的人呢？

一定会记下的，忘不了。

总是不苟言笑的吴杰峰，此刻扶了扶眼镜，一副沉思的神情；

嗓音浑厚的赵君煜有着宽宽的额头，额头上浅浅的皱纹中，有着对往事细腻严谨的梳理；总是一张笑脸的刘琼秋，与平时没有任何区别，他还是爱笑，但笑容中又有着深情的回忆；若有所思的姚达毛好像还在工作中，这个喜欢用图表、用数字、用线条来向陌生人表达自我思想的人，一定还在脑子里画着一幅深邃的图；敦厚的庄明，眼珠直直地望着台上，不笑时的样子，分明是另一个人；长发盖住耳朵的项农，目光中始终带着坚毅，不爱笑，肢体动作硬朗，就像他棱角分明的脸；行动缓慢的黄贵老人依旧还是平淡的表情，斜睨着眼，慢吞吞的，能够想象出来当年他"滞留"莫斯科时不慌不忙的样子；年轻瘦弱的汪正初坐得笔直；魁梧的黄懿赟，头发还是平时一样的凌乱，他似乎从来没有注意过自己的打扮，因为哪有时间呀；身材高大的吴维越，内心似乎想着那些年的风雨，感慨科学岛上曾经的风云；徐国盛的神情好像正在报告会上宣讲自己的论文，这个长相与潘石屹有着几分相似的青年学者，穿上西装完全是另一个样子；年轻的吕波看着前排的前辈，想着自己的未来；性格桀骜的胡纯栋，目光如言论一样锐利，这个平时喜欢穿牛仔裤的人，此刻也换上了西裤；一辈子做办公室工作的老人邵世田，看着台上发言的女婿汤广福，他的内心一定感慨不已，回想着行政工作与科技工作的关联；曾经的"文青"、现在合肥物质科学研究院综合处的"掌门人"程艳，是不是想起当年来岛上报到时的情境，这个文笔优美的女子，心中肯定浮现出一串串优美的文字；永远少言少语、动作舒缓的等离子体所办公室主任何友珍，一如既往的安静，默默地注视着偌大的会场……

在参加 40 年庆祝大会的人群中，还有人看见了李定，这个等离子体所曾经的风云人物。尽管在巨大的红色签到牌上，他小心地把名字写在下面，写在不被注意的位置上，但历史依然还会留有他的种种传说。人们没有看到合肥物质科学研究院副院长李建刚，他先后担任过等离子体所的副所长、所长，虽然他身在国外讲学、没有参与庆祝回顾等离子体所的 40 年历程，但能言善辩、激情澎湃的他，在这一时刻，内心的波澜肯定也会荡起，激情的水花肯定能够飞到庆祝会场的上空。没有来到会场但是曾经在这里工作的，还有长相和善的潘垣院士，他也一定会在这一时刻，目光飞越大山河流，来到热情的会场。还有对等离子体所永远关注的具有学者气派的严陆光院士，永远与科学家配合默契、拥有优秀专业能力且担任行政领导的王绍虎、邱励俭……

应该还有许多目光，此刻也会在庆祝会场的上空端看，其中滞留时间最持久、最不肯离去的就是陈春先，这位等离子体所创始人之一、中关村的创立者，虽然已经离开人世，但永远追求新意的他，也一定在大会上空注视着，他在想念，他在回忆……

四

节日是持续的。

世界上任何一个重大节日，都会有前奏，也会有延续。节日气氛会持久蔓延。

等离子体所 40 年征程回顾活动，依旧在科学岛上进行着。各种讲座、研讨、座谈也在进行着。

庆祝活动的参加者来自祖国的四面八方，来自与核聚变领域密切相关的研究机构。

学者武松涛的讲座，围绕着过去 20 年核聚变领域的主要进展和实验展开。会议室里坐满了人，许多人提前半个多小时就到了。想象中应该是严肃的讲座，却充满着欢声笑语，让人感觉到科学并不枯燥，反而颇为有趣。科学是有情趣的，它能给人带来无穷无尽的想象，它能考证也能预判，否则怎么会有这么多人对它向往呢，又怎么会因它集聚在此呢？

来自兄弟单位的许敏，是核工业西南物理研究院的青年学者，他同样风趣幽默，把从事核聚变研究的话题，一下子拉回到 20 世纪 60 年代中期，这样久远的话题，由一个青年学者回忆，更给这场节日的回顾增加了历史的沧桑。并非只有等离子体所在做聚变研究，核工业西南物理研究院早在 1965 年建院时就开始研究核聚变了，这家隶属于中国核工业集团公司的科研单位，是中国最早从事核聚变能开发的专业研究院，从 1969 年至今，他们已经建造了 22 台托卡马克装置。在等离子体所 40 周年庆祝的时刻，把最早研制托卡马克装置和研究核聚变的同行请过来，显示了等离子体所开放的观念和始终虚心学习的精神。

退休老同志座谈会所在的会议室，与实验控制大厅紧密相连，是实验时每天早上开会的地方。等离子体所副所长吴新潮主持座谈会。老同志们多年没见，如今在喜庆的日子里相遇，当然有说不完的话。一些七八十岁的老同志情绪激昂。

一个话筒显然不够用，即使两个、三个，也不够用，老人们"抢"话筒，那个没有说完、这个也要说，会场上笑声一片。40 年了，他们从青涩英俊的小伙子、羞赧美丽的姑娘，已经变成了步履蹒跚的老翁、老妪，怎么会没有感慨呢，怎么会没有话要讲呢？但是他们由从事的科学职业所打造的气质，却呈现着大气和高雅，在"抢话"中依旧保持谦让和礼节，这是科学带来的持久魅力，这种魅力，岁月不会夺走，白发和苍老也不会夺走。它会持久地驻扎在老人们的精神深处。

围绕庆祝活动的所有讲座、座谈中，引起最大关注的，应该是霍裕平院士的讲座。霍裕平院士是等离子体所发展历史上的关键人物之一，也是性格鲜明的科学家。许多年轻人还没有见过这位已经 81 岁的科学家，尽管他们从霍裕平的诸多传说中，已经建构了这位科学家活灵活现的形象，但大家还是想一睹科学家的风采，看看好几年没有回到科学岛上的老院士在这次讲座中会说些什么。

霍裕平拄着拐杖进来了。他穿着黑色短袖衬衣，米黄色裤子，灰色旅游鞋。最引人注目的是他衬衣的穿着方式，在我们传统印象里，老年人的衬衣，一般情况下会束在裤子里，但霍裕平没有，让熟悉他的人一下子想到了 20 世纪七八十年代。那时，当所里的人穿着黑色、灰色或是军绿色便服的时候，霍裕平则很少穿那样色调的衣服，他总是与周围的人们有着不一样的穿着，在一片蓝色制服中，他穿着浅褐色的法兰绒休闲西装，就连隐在鞋子里的袜子，也不是黑色的、灰色的，而是格子图案的……

霍裕平走得慢，很慢，似乎在回忆自己曾经走过的路。会场上响起了非常热烈的掌声，让他缓慢的脚步加快了，他好像拥有了特别的力量。那一刻，他想起什么？是与苏联库尔恰托夫原子能所的艰难谈判，还是在想那个曾经震惊四方的 HT—7。

霍裕平用他平静的眼神扫视会场，在前面应有的程序过后，他才终于说了第一句话，他说他看到会场上来了很多年轻人，这让他非常高兴。他对"年轻"永远铭记。

年轻人……他也曾经年轻过……他也曾经风华正茂过……他们那代人曾经将青春和汗水,挥洒在科学岛上的春夏秋冬中,对"年轻"都曾有过自己的解答。

那天的讲座,霍院士有回忆、有观点,也有对青年学者的鼓励,更有对物理学极为严谨的看法。他的一句"我们做物理的,应该注重实验,应该勇于面对结果",相信曾经说过无数遍,他也一定用这句话在每时每刻鞭策自己、鼓舞他人,但是今天他还要讲,也就显得更加意味深长。

前排就座的听众中,有现在的各部门领导,也有曾经的领导,但无论是谁,都应该算是他学生辈分的人。他们和霍裕平好像没有任何距离,他们不时插话,甚至和他开着玩笑。

在下面听讲座的、曾经的合肥物质科学研究院第一任院长谢纪康,在听完霍院士说"自从摔倒后,脑子已经不好使了,思考已经被打折了"之后,打趣称"霍老师,您说您的大脑打折了,您打折的大脑,正好跟我们水平一样了,我们曾经嫉妒您呀……"

台上台下,笑声一片。

庆祝就应该有笑声呀,没有笑声,怎么还能叫庆祝?但最后霍裕平的一句"我老了,今年年底就去住养老院了"话音刚落,全场变得寂静无声。有人落泪。

那一刻,我想起采访时听说的一句话"对于霍裕平来讲,无论赞同他的人还是反对他的人,都不会否认一个共同的看法,他是一位真正的科学家。"

五

所有的节日，都要有音乐声；所有的庆祝，都要有嘹亮的歌声。没有歌声的节日，怎么能叫节日呢？用歌声唱出心中的欢乐，唱出心中的畅想，唱出未来的图景。

"风雨历程四十载，追寻聚变中国梦"文艺表演，成为整个庆祝活动的压轴大戏，也成为"核聚变人"内心情感的抒发途径。

青年和老者一起登台，用舞蹈、用朗诵、用服装秀、用小品……用感人的《不忘初心》的大合唱，唱响了"核聚变人"的誓言。

大幕终将落下，科学岛上也将恢复往日的样子。庆祝也会过去，新的一天即将到来。

下雨了，微雨淅沥，似有似无。庆祝活动之后的微雨，带着回忆，也夹杂些许的惆怅。

与成年人身高大体一致的红色巨幅签到牌，此刻安静地伫立在细雨中，上面密密麻麻的签名，仿佛是等离子体所前进的脚步……似乎在这一天，也掀开了昨天的一页。

10 年前……20 年前……30 年前……40 年前……

1973 年 4 月 6 日由中国科学院签发的"关于等离子体物理和受控热核反应研究计划任务书及在合肥建立试验站的批复"原件的复印件，1978 年 9 月 20 日由中国科学院签发的"关于合肥等离子体物理研究所有关问题的批复"原件复印件，也与巨幅签到牌一样，伫立在细雨中。

历史，怎能忘记？

历史，永远不会忘记！

中国科学院等离子体所走过的 40 年征程，仿佛一个历史画轴，在淅沥小雨中慢慢地展现……在黄昏朦胧的光线中，有几个大字在细雨中影影绰绰地闪现——"托卡马克之谜"。

就是这几个字，所有参加庆祝的人们，面对它，都在自己内心讲述着这样一个故事——"托卡马克之谜"。

第二章　领跑·东方超环——"人造太阳"

Chapter Two

一

即使没有看过马拉松比赛，也不难知道马拉松赛场上观众
的心态，几乎没有人会去关注跑在队伍中间的选手，一般情况下，
人们只关注队伍头尾两端，但关注的心态截然不同。

看跑在最后面的选手，观众大都抱有轻松的心态，如果选
手努力、奋争、不甘失败，观众给予的是鼓舞、激励的掌声，
当然其中也不乏同情；如果末位选手自暴自弃、丢盔卸甲，观
众给予的则是无情的嘲讽和揶揄，选手面对的一定会是嘘声一
片。看跑在最前面的选手，观众的反应是激动的、紧张的，尤
其随着选手越发逼近终点，人们会屏住呼吸，紧张与兴奋交织，
并且无论观众怎样紧张、激动和兴奋，也会对选手的面容、姿态、
体型怀着挑剔的心理，一定会做全方位的关注和审视，这个时
候哪怕选手有一点瑕疵和纰漏，也会被无数倍地放大。这是一
种普遍的心态，没有理由可讲。假如偏要找出理由的话，那也
很简单，因为你跑在最前面，你面对无数的镜头，因为你要面

对无数的鲜花、掌声，因为你要迎接高尚的荣誉，所以观众对你的严苛也就情有可原了。

无论何种行业，领跑者就要有更多担当，既要有面对掌声时的喜悦，也要有面对他人挑剔时的从容、镇定。领跑者需要营造一种比赛的氛围，除了自身优秀之外，还要出彩、出新，要有"这一场"与"另一场"不一样的感觉。如此，"这一场"比赛才能算完美，才能令人难以忘怀。

领跑者要有担当，要有责任感，可以说做领跑者很难！

中国的"东方超环"，核聚变领域人士亲切称之为"人造太阳"，它就是当下全世界核聚变领域大科学装置的"领跑者"，它别样的优美姿态、它创造的多项世界第一，已经让它在世界核聚变研究领域驰名飞扬，成为一道美丽的东方风景。

谁是制造、试验"东方超环"的人？他们又是怎样的一群人？他们拥有怎样独特的科学气质？

二

首先来看看"东方超环"的美丽身姿。

它的全名比较长，名叫"全超导托卡马克核聚变实验装置"，英文简称为"EAST"。它是世界上首台非圆截面的全超导托卡马克装置。在"托卡马克"这个名词之前，越多定语，越能表现出其先进的科学意义。显然，"全超导"这个定语，本身就有着非同凡响的含义。

当然，还要了解"托卡马克"这个名称，若不清楚这个名称的含义，你一定会坠入云里雾里的境地。只有把这些生僻的名称熟悉了，搞明白了，才能走近托卡马克装置，了解"东方超环"，了解核聚变研究的重大意义。

托卡马克的名称最早来源于苏联。在 20 世纪 50 年代，苏联科学家第一次提出了"托卡马克装置"这个科学概念，这是世界各国已经认可的概念。还有一点，这个实验装置也是至今为止研究核聚变最为科学的装置，所以一直被世界核聚变研究同行采用。在这个概念提出来的同时，世界上第一台托卡马克装置也诞生在苏联，当时苏联科学家为它取了一个名字：T—1。从那时开始，各国科学家正式开启了人类安全新能源的探索。

那时候虽然科学家认可了这个装置名称，但是永远"吹毛求疵"的科学界还是没有完全放下心来，还没有彻底认可这个实验装置，总认为还有更好的装置能够替代托卡马克。所以最初的十几年，人们仍然不断地寻找替代化石能源的诸多可能，不断地试验，不断地积累经验，并没有完全把心思放在托卡马克装置这一条探索路上。也就是在这个还不太放心的过程中，科学家对托卡马克装置的要求却是越来越高，总是在不断寻求更好的装置，因为寻求最好实验装置的过程，也是寻求最好实验结果的过程。

时光荏苒。

直到进入"T—3"这个阶段，科学家才取得了比较可信的试验结果，这时候已经是 20 世纪 70 年代了，经过二十多年的不断试验，托卡马克这一装置概念才逐渐得到世界各国核聚变研究领域专家学者的普遍认可，也逐渐成为未来世界各国研究的普遍走向。通过这种寻找更好实验装置的过程也能看出，寻找替代化石能源的过程有多么艰难。

说到这里，必须提醒的是，不要以为了解了托卡马克，你就了解了核聚变。这两者还有着很大的差别。如今，我们只是先看看"托卡马克之谜"的谜面，尽量把谜面看得更加清楚，而接下来想要知道蒙着层层迷雾的谜底，还要慢慢来，还有很多话要讲，千万不能着急。

再来说中国的"东方超环"，也就是 EAST。

"东方超环"诞生在等离子体所，这个大科学装置开始转入物理实验阶段，是在 2006 年的 9 月。从它诞生那天开始，它就以不断创造新纪录的方式，展示它的存在——鲜明的存在，耀眼的存在。

2012 年获得 32 秒稳态高约束模式等离子体，当时创下了该项世界纪录；紧接着，又实现了长达 411 秒的高温等离子体放电，创造了当时世界最长运行纪录；当然，它的魅力还要继续展现，随后又在 2016 年获得超过 60 秒的稳态高约束模式等离子体，一下子成为世界首个实现这种模式的托卡马克核聚变实验装置。显然，"东方超环"并没有满足于自己奔跑的姿态，它还要让自己的"跑姿"更加充满魔力、充满威力，于是在 2017 年它又获得了长达 101.2 秒的稳态高约束模式等离子体，成为世界首个实现稳态高约束模式、运行时间达到百秒量级的托卡马克实验装置。那一刻，"东方超环"达到了世界核聚变研究的顶峰。

为什么说"那一刻是世界核聚变研究的顶峰呢"？因为世界上研究核聚变的先进国家和组织，比如美国、日本、欧盟等，虽然都有自己的核聚变研究成果，但他们没能像中国这样保持核聚变放电时的稳定状态。只是单纯的放电还不成，还要"稳态"，这才是等离子体所"那一刻"的卓尔不同。

"长达百秒的稳态高约束模式等离子体"的这一纪录，不仅震惊了中国核聚变同行，还震惊了世界核聚变界。英国广播公司网站以难以想象的速度第一时间发布了消息，标题也是异常"惊悚"——"中国核聚变发电技术会成为世界第一吗"。

为什么世界目光如此关注核聚变？核聚变的意义是什么？"东方超环"到底是一个什么样的装置，它的工作原理到底是什么？它又是怎样在科学岛上的等离子体所"诞生"的呢？

由于新奇、由于惊讶，越来越多的疑问包围着等离子体所。人们想快点了解。

所有来到等离子体所的人，在看见"东方超环"的那一刻，都会激动地站在它面前，情不自禁地要把自己和它的共同影像留下来，要把它作为自己有可能变得高大、雄伟、神秘的"背板"，每个人都想要认真地问询它，你到底拥有多大的威力？你的未来到底能够给人类带来怎样的惊喜？它不回答，它什么都不讲，始终"静卧"在属于它的领地。它要等待科学家们用足够的耐心来对待它。它真的不是一个好对付的大家伙！

"东方超环"的地上部分有两层楼高，矗立在具有无磁性能的黄色油漆的地面上，地面光洁如镜，没有一丝尘埃。每一个走到它眼前的人，望着光洁的地面，都有一种小心翼翼的心态。

"东方超环"的主体外形，仿佛是一个坚固的堡垒，似乎任何物质都不能把它摧毁，它像高山一样坚固；但又并非全部被包裹住，它还有着与外界顺畅的联系，因为在球形主体的外面，除了拥有一个个用于观察数据的窗口之外，还连接了似乎数不清的各种形状的管道，这些管道全部涂有银色的保护层，闪耀着低沉而又厚重的光泽。在"主体堡垒"的上面，悬挂着一面五星红旗，永远呈现着飘扬姿态。

还有许许多多的附属设施，都是常人叫不上名字的装备。它还有位于地下的一层，据说地下部分与地面上一样，也是错综复杂如同迷宫一样的世界。它所有的一切都是在监控设备下运行，在和电脑相连的同时，也与它的"大脑"、也就是实验控制大厅密切相关。

经常有许多参观的队伍来到这里。无论是科学界的专业人士，还是学校的孩子们，只要来到这里，第一眼看见它，就会不由自主地去描述它。特别是孩子们，互相问询它像什么。它像一只八爪鱼，或者说像一条具有无数只脚的庞大的鱼。它一定是一条能够遨游的"大鱼"，而让它遨游的"鱼塘"就是神秘莫测的物理世界，就是听起来简单、做起来无比艰难的核聚变世界。

一个从来没有接触过核聚变的人，要想了解"东方超环"，除了在相关资料上知道它的四大科学目标——解决与高性能稳态运行相关的关键物理和工程技术问题，探索适合未来聚变堆的托卡马克先进稳态运行模式，为国际热核聚变实验堆（ITER）稳态运行模式的实现提供参考，为中国聚变工程实验堆（CFETR）的物理和工程设计提供依据——之外，假如还想知道更加鲜活、更加具体的科研问题，还想更加深入亲近它、了解它，那就应该去问问科学家了。

我的目光聚焦到了"东方超环"这支科研队伍的领头人——中国工程院院士万元熙身上。

这是我第一次面对面采访院士。见面之前，我有点激动，因为核聚变本身就披着一层神秘的面纱，而研究核聚变的科学家，更加令人感到神秘、更加令人具有探究的欲望。

努力搜索我所有的记忆，对院士的印象，似乎只是来自书本和影视作品，相信这样的印象来源，对于大多数人来说，也是一样吧。在大多数人的日常生活中，你很难遇见院士，甚至有的人大概一辈子也不会见到他们。院士，对许多人来说，始终有着荣耀和神秘的光晕。要是再加上"核"的字眼，这会面就更加令人紧张了。

我看见的，却没有神秘。

万元熙院士，有着我对院士"书本上、银幕上印象"的"强烈反叛"，这位1939年出生的四川绵竹人，有着强烈的生活感、现实感、工作感，这种感觉几乎就是扑面而来的。他就像我们印象中在大街上普通老人的模样。他个子不算高，脸色红润。

万元熙，用和蔼的面容和亲切的姿态，在极为短暂的时间里，把我对科学家的表面化印象统统去掉了，去掉得非常坚决。

9月的合肥很热，走走都会一身的汗。万元熙穿着蓝色长袖粗布衬衫，浅色裤子，黑色布鞋，把衬衣束在腰带里。他头发没有全白，还有缕缕黑发。我想了许多词来形容这位可爱的老人，最后还是决定用最熟悉也是最为传统的"和蔼可亲""精神矍铄"，无论什么时候，想一想这样的形容，我觉得还是贴切，似乎再也找不出更加准确的形容了。

但任何人都不要被万元熙给人的"表面印象"所迷惑，永远不能忘记他是一位科学家，一位全身骨骼里充满科学元素的科学家。跟他接触，根本不需要太长的时间，就能发现他的科学家"本质"。

万元熙直接"跳过"陌生人见面时的那种客气、寒暄，几乎"不顾一切"地直奔主题，让人感到有些突然。他好像容不得花时间说别的事情，因为他只关心科学、关心核聚变的研究。在那一刻，我立刻察觉出来，只有谈"核聚变"、谈"东方超环"，他才是最具科学家特质的万元熙，他才是一个真正的"可爱的老者"。那一刻，我真想握住他的手，使劲儿握。

那一刻，任何人都不会想到，他是胃被切除五分之四的人；不会想到，他是留有心肌梗死病灶的人；也不会想到，他是带领二百多人的科研团队在异常简陋的实验室内成功制造出关键部件和设备、使整个项目的自主研发比例达到百分之九十以上的人；更不会想到，由于"东方超环"的研究经历，他是一个给国际核聚变研究积累宝贵经验的人……

已经离开等离子体所领导岗位很多年的万元熙院士，现在还是等离子体所的研究员。他用清楚、直白的话语，讲述着他和他的团队所亲身经历的"东方超环"的复杂历史。

　　我发现,万元熙院士还是讲自己少,更多的是在讲科学研究,讲那些曾经跟他一起攻坚克难的同事们。那一刻,他一点儿不像当年"东方超环"项目的总经理,更像是一位冲锋陷阵的勇猛战士。

三

在讲述“东方超环”的历史以及万元熙和他的团队之前，我先讲一讲能源的历史。讲述故事是需要“前期铺垫”的，假如没有这个铺垫，不了解核聚变的人肯定会是一头雾水，心中永远都会有一个疑问，人类为什么要花那么大的财力、人力、物力，去研究还不能给人类带来实际利益的核聚变？

我们先举个简单的例子，假如现在没有煤炭、没有石油、没有天然气，我们的生活会是什么样子？倘若就在今天，一座城市的大街上，所有加油站突然同时贴出告示，已经没有汽油供应了，街面上会是怎样的恐慌？真的无法想象，也不敢去想象。但这些令人恐慌的场面，还只是生活层面上的“小恐慌”。假如一个国家没有了煤炭、石油、天然气的储备，或是发出储备预警，或是出现这些能源将在不久之后彻底消失的情况，那又将是怎样的情境？这肯定会是天崩地裂的大事，甚至这个国家都极有可能瞬间崩溃！

任何人都能够想象出来，人类失去化石能源那天，世界会是怎样恐怖的样子！

必须承认，化石能源是自然界"赏赐"给人类的宝贵财富，但它们并不会永远存在，这一点一定要认识清楚。虽然按照物理学"物质守恒定律"的原理，能量一定会从一种形式转化为另一种形式，但无论怎样转化，煤炭、石油、天然气毕竟是被消耗了，从哪里寻找到能够替代化石能源的东西？这些化石能源是自然界几亿年缓慢形成的财富，自400年前开始被人类使用，它们就不能再生，这意味着化石能源总有"消失"的那一天。

那么，未来人类社会又该使用什么能源？

人类已经研发并且开始使用的新能源，其中就有我们熟悉的核能源，其产生形式是大家非常熟悉的核反应堆，它通过强烈的核裂变产生的能量来代替化石能源燃烧释放的能量。但是通过核裂变的方式产生能量的同时，它也给人类带来深深的忧虑和极度恐惧。人类历史上几次严重的核反应堆泄漏所造成的核事故，使人们依旧毛骨悚然、谈核色变。

1979年3月的一天，美国宾夕法尼亚的三哩岛核电站涡轮机突然停转，据现场工作人员突击检查发现，堆芯压力和温度都骤然升高，反应堆的大部分元件和部位被烧毁，最可怕的是，一部分放射性物质已经泄漏。

这是世界历史上核反应堆第一次出事。虽然几天后终于控制住了反应堆险情，没有发生爆炸，也没有引起人员伤亡，甚至经过严格的检测，也没有发现明显的放射性影响。但是人们内心的恐慌已经产生，有二十多万人撤离了这一地区。曾经被广泛宣传的安全承诺，瞬间遭到粉碎和碾压。世界各地的人们对此产生了疑惑、恐慌，甚至还有一点绝望无助，这样的多重感觉，也在困扰着始终冷静的科学家。

几年后的 1986 年，被认为是世界上最安全、最可靠的苏联切尔诺贝利核电站发生爆炸。这是一次更加令人震惊的爆炸，已经过去了那么多年，人们还是无法忘记。据相关资料记载，核电站的第四号反应堆在进行半烘烤实验时，突然失火，随即引起震天动地的大爆炸。大爆炸把机组彻底损坏，最为恐怖的是，八吨多重的放射性物质泄漏，放射性尘埃随风飘散，致使俄罗斯、白俄罗斯和乌克兰的许多地区遭到核辐射污染，受污染面积达到惊人的二十多万平方千米，造成了迄今为止核电史上最严重的事故。后来经过调查，事故原来是人为所致。当时有人还讲，只要把好"人"这一关，核电站还是安全的。历史，暂时相信了这样的论断。人们还是抱有侥幸心理。

但是躲过了"人"，还是躲不过"天"。人祸完了，天灾来临。

2011 年 3 月，日本福岛。相信大多数人听到"2011 年"和"福岛"这两个词，都会在心里抖颤一下。那一年日本近海发生 9 级地震，引起 15 米高的海啸。正是这可怕的海啸，导致福岛工业区的福岛核电站备用供电系统断电，从而引发了惊人的核事故，大量的氢气喷出，反应堆屋顶像是轻盈的树叶一样飘到空中，核物质仿佛逃离潘多拉魔盒的怪物，更可怕的是，这个怪物看不见摸不着。随即核电站内部大火燃烧起来，反应堆的堆芯被大火吞噬，巨大的投资瞬间化为乌有。这次事故中没有直接死亡者，但是核辐射对人的心理伤害，远远大于简单的死亡。此事故至今让日本心有余悸。

这三次震惊世界的核裂变反应堆事故，分别来自世界上的三个科技强国——美国、苏联和日本，这让人们对核裂变的安全性，打上了一个大大的问号。人们对核裂变这件事，心中总是有所疑虑，总是惴惴不安。

人们对核裂变真的产生了畏惧心理，尤其是在福岛事故之后，很多国家或是停止了核裂变反应堆的建设，或是增加预算、加大投资，严防事故再次发生。

一时间，由核裂变提供能源，从而替代化石能源的探索之路，变得静悄悄了。许多国家的科学家开始陷入沉思。但是化石能源枯竭的难题并没有解决，依然在朝着一定会枯竭的那一天快速奔去。于是，核聚变代替化石能源之路，又开始变成世界科学家的探索之路。或者说，人们这才认定，核聚变产生的安全能源，真的有可能成为人类的"最终能源"。

这条核聚变探索之路到底有多漫长，什么时候能够从"实验装置"到"反应堆"，再到真正发电、完全用于民用？

不可否认，"东方超环"在高约束的条件下的百秒持续放电，已经证明了这条路是正确的、是可行的。

还有最为关键一点，核聚变是可以控制的。更重要的是，核聚变的来源是海水。海水！海水能够产生能源？

在人们朴素的印象中，通过"水"得到能源，好像就是耳熟能详的水电站，即通过水的巨大落差来产生动力，从而发电；再延伸一点的话，还有通过潮汐的变化来发电，也能获得人类所需要的能源。

海水还能用于核聚变发电？"海水"与"核聚变"又有怎样的联系？为什么说核聚变是清洁能源，是人类的"终极"能源？

道理是这样的：氘—氚可以发生核聚变，而氘和氚的主要来源是海水。在超高温状态下，以氘—氚为"燃料"发生聚变反应的生成物是氦和中子，并可释放大量能量。核聚变发电后产生的废弃物不会对地球产生危害，这与核裂变发电后产生的核原料废弃物几乎是天壤之别。要知道即使用一米多厚的水泥围墙以及几寸厚的钢板所共同打造的深入地下数百米的"牢狱"，也不能把核裂变发电后产生的废弃物永远安全地封存，这些废弃物能够存在几千年、甚至万年，而水泥和钢板随着时间推移会松懈，那些有毒废物还会逃出"牢狱"，继续危害地球、危及人类安全。

更加可喜的是，海水中氘的储量可以供人类使用几十亿年。一升海水中含有的氘，对应氘和氚全部聚变反应所产生的能量，竟然能与三百升汽油完全燃烧所释放的能量相同！

这是多么巨大的喜悦。

四

前面的关子卖完了,现在可以说一说万元熙和"东方超环"了。

"东方超环",也就是 EAST 上马的那一天,是项目总经理万元熙最为激动的一天。现在想起来,似乎有些遥远了,但又好像就在昨天。1998 年 7 月,20 年前的这一天,EAST 大科学工程正式通过国家立项。

万元熙,这个外柔内刚的四川绵竹人,彼时彼刻,心里非常清楚,等离子体所将要迈入"第四季",而在此之前的 HT—6B、HT—6M,还有万众瞩目并且改变了等离子体所命运走向的 HT—7,三代托卡马克装置都已经留下了自己清晰的足迹,都曾经有过高亢嘹亮的歌声,都在等离子体所的发展历史上写下了光辉的篇章。万众瞩目的 EAST 就要登场了,这个"东方超环"到底将要以怎样的容貌示人?

应该向更高目标前进。这就是"东方超环"诞生之前,等离子体所全体员工的愿望。

之前说过，领跑者的特质决定了一场马拉松比赛的氛围。所以在说 EAST 之前，还是应该了解这个项目的带头人万元熙，了解他的个人经历和性格。了解了万元熙，也就找到了了解 EAST 的万能钥匙。

这位 1964 年毕业于北京大学物理系理论物理专业的高才生，其实在 1973 年，就已经开始参与早期的核聚变研究了。只不过那时，等离子体所还不叫"所"，还叫"八号工程"。万元熙的个人命运，还挟裹在"文革"后期的历史动荡中。据说当万元熙接到有关方面通知参与"八号工程"时，他正在四川凉州当工人。他在农场锻炼时，种过田，还帮农民杀过猪。虽然他只是帮手，但也认真对待——在猪的后腿处拉开一个小口，然后努力地吹气，让猪变成一只膨胀的"气球"，然后进行刮毛、褪皮等一系列后续工作。想想这些场面，再看看面前安静的万元熙院士，几乎无法将两者联系起来，仿佛经历了一场特别的历史穿越。

万元熙不怕累、不怕苦，这样的担当，其实还在他学生时代就已经形成了，因为那时候学生要"上山下乡"，帮助农民干农活。当年，这个瘦弱的研究生，在部队农场曾经挑一副近百斤的担子，单程七里地、往返十四里地，一天要走七八趟，不是平整的路面，都是上下起伏的陡峭山路。但是万元熙挺下来了。也正是有过艰苦磨练，在他后来的科学研究历程中，他什么都不怕。"先练筋骨，再练精神"，这为他日后对待磨难、对待挫折，的确是起到了至关重要的作用。

那天面对面的交谈，我没有问万元熙院士在接到通知让他参与"八号工程"时的心情，但任何人都能想象出来，当时还不到 40 岁的万元熙肯定会放下手里的活计，脑子里也会有一段短暂的空白。他应该有泪水，也可能镇定自若、目光如炬。但不管怎样，一个清晰的想法撞击着他，曾经的物理专业学习，应该有用武之地了。也有可能，他放下正在"整理"的那头大白猪，向山上跑去，他真的有可能跑，他会用"跑"来宣告自己所学专业终于有了用武之地。因为日后，他的确就是用"跑的姿态"去面对工作、面对科研的。

从那时候开始，万元熙一步一个脚印，从实验室副主任、主任，成长为副所长、所长；从 20 世纪 80 年代初期开始，他又出国到美国某大学聚变研究中心工作；90 年代末期担任国家"九五"重大科学工程 EAST 的项目负责人。可以说，他科学研究最为旺盛的时期，是在等离子体所带领二百多人团队攻坚 EAST 的工作中度过的。

足足二百多人的团队，这支队伍该如何管理、如何前进？如何拿出令人信服的成绩？

五

EAST 究竟有何神奇之处？说起来几乎不可思议，EAST 实验需要在五大极端环境下进行，即高真空、超高温、超低温、超强磁场、超大电流。

这五大极端环境，哪一个环境单独拿出来都是令人咋舌的，更何况还要让这五大极端环境同时在那个圆柱形托卡马克装置里面"友好共存"，这谈何容易呀？简直就是科学界的"天方夜谭"。

为什么要让这五种环境共存？

因为只有在超高温状态下，才能让氘、氚原子核聚在一起，而这个由外界给予的高温，可不是一般的高温，它要比太阳温度还要高。这怎么可能呢？

据科学家初步估算，太阳核心温度为 1500 万摄氏度，而 EAST 进行实验时的温度，已经达到了 5000 万摄氏度，未来聚变堆芯的温度，最理想是达到一亿摄氏度！因为只有在这样的不可思议的高温下，才能让氘、氚活跃起来，它们只有异常活跃，才能发生大量聚变。

可能还有人会问，太阳温度并没有达到上亿度，却能产生巨大的热量，而我们的"人造太阳"为何温度必须达到上亿度？因为太阳约束聚变燃料的能力极强，而且无比巨大，可以产生大量聚变反应。而地球上的任何聚变装置，体积有限，约束能力有限，所以只能升高温度。此外，还需要有超大的电流。没有这个超大电流，就无法供应这个耗电量极大的"电老虎"。所以讲，只有在如此之多的条件都能达到指标的情况下，才能完成EAST的科学实验。

难呀难！

不仅如此，据说中国人在研制EAST的时候，韩国人也在悄悄研究制造全超导托卡马克实验装置，他们的经费比我们充足得多，还有美国人给他们做强大的技术后盾。等离子体所的经费捉襟见肘，而且从外界得到的技术支持非常有限。另外，韩国人的准备期以及起步时间都比我们早，大概早了3年时间。可想而知，在这样的情况下，EAST的研制面临难以想象的困难。当时的状况是，只要下定决心研究、制造，只要工程开始，那就没有后路，不仅如此，还必须赶在韩国人前面研制成功，否则将大大削弱赶超世界前沿的重大意义。

这在前面的"难呀难"之外，还要再发出一声"难呀难"！但是后来EAST所取得的一系列成功，已经把所有的"难呀难"

一股脑抛到九霄云外去了。

还有一个细节，我想再强调一下。

我曾经翻阅过等离子体所的工作流程图表，除"管理部门"和"高技术企业"之外，仅从研究机构和支撑系统来看，在这两个大体系之中，竟然有着 14 个部门，也就是说，有 14 个不同工作方向和不同的重点。

一台 EAST 的正常运转，需要物理学、材料科学、先进制造工艺学、热工水力、电磁学、力学、真空技术、低温技术等多方面的研究，还需要许多部门之间、许多人之间的精诚合作。

我们来看看这些部门：

装置总体研究室、电源及控制工程研究室、应用超导工程技术研究室、聚变堆总体研究室、等离子体理论与数值模拟研究室、托卡马克物理研究室、计算机应用研究室、低温工程与技术研究室、微波技术研究室、应用等离子体研究室、聚变堆材料科学与技术研究室、中性束注入研究室。在支撑系统中，则是两大部分，一个是研制中心，另一个是技术中心。

那就让我们从不同部门的走访中，看看 EAST 研制背后的感人故事。然后再回到万元熙院士身边，看他最后给出怎样的总结。

六

我在等离子体所的那段日子里，无论是采访哪个人，只要谈起 EAST，发现他们的目光都会一下子变得深远起来，那一刻你似乎能从他们呼出的气息中，感受到他们内心深处的情感荡漾，也能感受到他们刻骨铭心的无限感慨。初看上去，这种感慨貌似相同、相似，但只要细细品味，耐心咀嚼，就会赫然发现，他们每个人都有着自己的看法，都会从不同的角度去"审视"EAST 的"成长历程"。

这一路采访、交谈下来，我越发感到，正是这些不同角度的观察和感想，让 EAST 这个看上去没有情感的铁家伙，有了众多厚重的承载。正是在这些参与者与见证者的讲述中，EAST 开始被慢慢地复原，开始逐渐呈现它真实的姿态，它变得像一个人一样，开始有了筋骨，有了血肉，有了面容。许多时候，我已经不觉得它是"东方超环"，也不是那个英文简称 EAST 了，而是一个英俊、刚强、超然的武士，威风凛凛地站在我的面前。

我能看清其身上的血管、肌肉、骨骼，还有充沛的情感。

这是一个炎热的下午，没有想到9月的合肥仍然酷热，就连三面环水的科学岛也是如此炎热。这也使我终于明白为什么一年之中，EAST要分两个时段进行科学实验，一般情况下，其中一个时段是在每年的4月到6月，另一个时段是在10月到12月，看来是有道理的，是要避开合肥夏季湿热的气候环境。

我向西北方向的尽头——研制中心——走去。这是我来到科学岛之后的第一次采访，那时候我还不知道，在岛上漫步、行走，其实是一件非常惬意的事。但也就是从那一天开始，在岛上漫无边际地行走，对我来说充满了奇特的情趣，我总是感到有一种希望在心中升腾。

研制中心在EAST的研制中属于支撑系统。托卡马克装置分为两大部分：工程部分和技术部分。负责工程部分的人，用我们熟知的身份来说，叫工程师；而负责技术部分的人，也就是我们所讲的科学家。

假如还有朋友不太明白，那就再做一个更加形象的比喻，建造一个大楼，通常由两部分人组成：拿出构想、拿出设计图纸的人；还有去实现这个构想、把平面上的图纸变成立体大楼的人。这两部分人都是不可或缺的。研制EAST，也是大致如此。这两部分人需要互相协助，互相支撑。

我记得霍裕平院士在讲座中，曾经不断重复这样一句话："做物理的一定要注重实验，绝对不能轻视实验。"所以，当时台下曾经的所领导谢纪康，才对老院士"逗笑"说，当年您当所长时，给支撑部门的奖金要比科研部门的多，好多科研人员说您偏向工程人员，还对您有很大意见呢。

身为科学家的霍裕平，给支撑部门的人奖金多，从一个侧面正说明了，支撑部门在托卡马克制造、试验过程中所起到的重要作用。万元熙也是这样做的，他非常重视支撑部门的作用，在后面一系列采访中，只要谈到 EAST 的建造，从他的话语间，我就能真切感受到这一点。

而我来到合肥研究院、来到等离子体所，第一次走近的具体部门，恰好就是支撑系统的研制中心，表面上看，似乎是冥冥之中的一次"巧合"，其实这可能就是研究院领导、等离子体所领导的"精心安排"。

吴杰峰，一位 1966 年出生的安徽铜陵人。他是研制中心主任，也是一位看上去极像科技人员的人。个子不高，戴眼镜，偏分头。第一次接触，感觉他对于工作以外的事不太关心，甚至显得有些木讷。他没有与陌生人见面时常有的客套和寒暄，一切都是那么平静，好像我与他早就熟悉，根本不需要客气，这一点就像万元熙一样。

吴杰峰，平静得好像能把秋季的燥热给镇压下去。

我请他以个人视角和部门角度，分别谈谈这场已经过去了的惊心动魄的"EAST 大战"，当然更要请他谈谈 EAST 项目的总经理万元熙院士。

吴杰峰 1988 年刚从武汉华中工学院毕业，来到等离子体所，那年他 20 岁才出头，青春勃发，如今回想起来，转眼间已经过去三十年了。在这三十年中，他经历了两代托卡马克装置的研制，也就是 HT—7 和 EAST；也分别与等离子体所两个性格鲜明的所长霍裕平、万元熙共同度过攻坚克难的时光。

回忆像是沉重的推手，缓慢地打开了吴杰峰思索的闸门，他开始慢慢讲述起来。

他告诉我，1992 年，HT—7 不远千里来到科学岛上"安家"，经过一系列严谨而复杂的改造，从 1994 年开始正式试验运行，直到 2013 年退役，它真真切切地走过了 19 年的辉煌历程，这里面有着太多太多的故事。假如把 EAST 比作一座大楼的话，那么 HT—7 就是它的地基。这两个大科学装置，对于等离子体所来说就像是一架天平的两端，它们之间互相作用、互相平衡、互相促进，结结实实地把等离子体所推向了核聚变研究领域前沿，更是推向了聚变世界的中心。

比起 HT—7，EAST 有着更高的追求。吴杰峰依旧不动声色，在他脸上看不出任何表情。他说，我们要在超导基础上实现全超导，装置体积在 HT—7 基础上还要继续增大。为什么要增加体积？因为在可能的条件下，实验装置尽可能"大"，才能提供更好的外部环境，才能更好地完成科学研究。所以，EAST 的研制比 HT—7 具有更大挑战性。

窗外的知了叫个不停，秋季的午后阳光似乎更加酷烈，透过玻璃窗直射进来，屋子里依旧能够感觉到仿佛夏季的热度。

吴杰峰语调像是回忆。他说，这两个托卡马克装置对于等离子体所的所有人，以及整个等离子体所这个集体来说，都特别重要，是等离子体所的"生命节点"。随后他讲了一个饶有趣味的小故事。

那年他刚到岛上的时候，像所有初来乍到的大学生一样，暂时住在招待所。门卫老大爷是一个热情似火的人，也是一个对岛上单位了如指掌的人。有一天老大爷问吴杰峰，你是哪个部门的？吴杰峰告诉老人，他是等离子体所的。老人呵呵一笑，连说"不错、不错"。老人脸上的表情似乎在告诉吴杰峰，你选对了单位。

原来当年在岛上，等离子体所是一个效益不错的单位，比其他所待遇都要好。当时等离子体所有"家底"八百多万元。要知道在20世纪80年代末，八百多万元是个什么概念？称为巨款都绝不为过。后来为了从苏联"交换"一个托卡马克装置（也就是如今广为人知的HT—7），等离子体所有一段时期陷入了巨大的财政困境，八百多万"家底"没了，甚至还到了借钱发工资的程度。后来等离子体所又正是靠着HT—7这个托卡马克装置，迎来了一场"科研革命"，真是绝境重生，打了一场干净漂亮的翻身仗，并在尊重科学规律的基础上，来了一个漂亮的"弯道超车"……当然这都是后话了。

我和吴杰峰的话题，继续回到EAST上。

从吴杰峰的话中，我能感到他们是敬佩万元熙的，也可能正是这种敬佩，一支二百多人的队伍整齐地集结在万元熙的身边，等待着这个项目"总司令"发布冲锋的命令。

当然，敬佩是受"细节"支配的，领导者的一举一动，"士兵们"都看在眼里，你要是不得人心，即使拥有再大的权力，也不会有人跟你干。领导的重点，不在权力大小，而在于凝聚人心。

万元熙有许多细节感动人，至今他的同事们仍记忆犹新。比如在实验现场，他挽起袖子，和年轻人一起干，任何事都是亲力亲为，跟大家一起流汗；与同事们出差，即使同行的是比他小十几岁的年轻人，他也和他们一起坐硬卧，绝对不搞任何特殊化。也正是这些微小感人的细节，让这支二百多人的队伍，团结在万元熙的身旁，大家心甘情愿地听他指挥。

从那时候开始，等离子体所出现了一个流传至今的"现代俚语"——"星期六肯定不休息，星期日也不一定休息"。其实，细究这个"现代俚语"，岂止是星期日不休息，就是节假日也不会休息，在研制 EAST 的 3 年时间里，"休息"这个词，人们几乎忘记了，已经不知道世界上还有"休息"这两个字，还有节假日之说。这个"硬性规定"首先从万元熙做起，然后扩大到每一个科技人员，甚至每一个工人。

当然仅仅依靠不休息那是不行的，毕竟这是科学，一切还都要用科学精神去面对、去工作，还要拥有科技的力量。

吴杰峰说，可不要小看 EAST 这个装置，它涉及 13 个学科。13 个科学领域的问题，都要在 EAST 中体现出来，而且还要完美体现出来。同样，研制中心也要面对 13 个学科的"注视"。所有的学科和所有的环节都是紧密相连的，不是独立呈现的，永远要在面对一个环节的同时，还要关注另一个环节，关注所有环节之间的相互联系。

众所周知，EAST 的核心部件都是中国自主研发制造的，也只有走自主研发这一条路才可行，你想要从别国进口这一装置，根本不可能。这是一条被逼出来的路，正是在这样的被逼迫中，等离子体所的全体人员开始奋进，他们靠着顽强拼搏，终于找到一条出路。

万元熙从 1996 年开始担任等离子体所所长，一直到 2006 年建成 EAST，他把所有心思都花在了 EAST 上。即使后来不担任所长了，但遵照项目原则，申报时项目负责人是谁，就要一直负责到项目完工、验收合格，中途不能更改负责人，在此期间项目负责人也就是项目总经理，不会因为其他外部原因而改变项目负责人的身份。

万元熙在这 10 年期间，有 8 年的工作，是围绕着 EAST 装置进行的，这样的情形想起来真是令人感动，也非常令人感慨。这种感动、这种感慨，还在于 EAST 装置最后建成时，上级要求等离子体所申报奖项，在"个人"还是"集体"申报的选择上，万元熙没有丝毫犹豫，坚决要求申报集体项目奖项，单凭这一点，他赢得了所有人对他的尊重。

EAST 的建成，使我们国家顺利进入"核聚变俱乐部"。这个世界性的"核聚变俱乐部"，是一个国际性核聚变组织，英文简称为"ITER"，即"国际、热核、实验、堆"这 4 个词语的英文首字母。这个国际性组织诞生于 1985 年，当时的苏、美两国领导人戈尔巴乔夫、里根在日内瓦峰会上倡议，由美、苏、欧、日启动一个合作计划，也就是后来核聚变领域广为人知的 ITER。这个为了避免冷战升级，同时为了减少各国研究费用而建立的组织，一直沿袭至今，是一个开放性的国际组织，但也不是什么国家都可以加入，一定要在核聚变研究上走在世界前列的国家才能加入。这个组织的终极目标是好的，建造一个可自动持续燃烧的托卡马克核聚变实验堆，以便对未来核聚变示范堆以及商用聚变堆的物理和工程问题做深入的探索。显然，从"装置"到"堆"，是跨越性的一步。世界先进国家之所以共同研究，是因为核聚变研究耗资巨大，单是一个国家的力量恐怕很难实现。应该说，这个组织对于核聚变研究发展，确实起到了一定的推动作用，因为它是各担风险，而且资源以及试验结果，参与国家都有权利一起分享，这对于参与国来说，是公平的、是有益的。中国的核聚变研究者经常讲到"领跑"，而加入 ITER 组织，就是"领跑"的重要标志之一。这是最可供参考的标志之一。

现在 ITER 组织由 7 方组成，欧盟、日本、韩国、印度、俄罗斯、美国和中国。吴杰峰回忆说，中国加入 ITER 后，不断在国际核聚变领域发出"中国声音"，在这个国际性的场合上，万元熙曾经代表中国发言，而且是第一个发言。

在 ITER 组织中，有一个不容忽视的问题，即电源问题。过去，电源一直由欧盟方面"负责"，所谓"负责"就是制定电源方面的诸多规则、标准，即使中国科学家发现了问题，欧盟方面依然不屑一顾，电源采购包继续由欧盟方面负责。

何谓采购包？我问吴杰峰。

吴杰峰说，ITER 有许多部件需要制造，被分成若干个采购包，谁有能力，谁就负责制造，这个"负责"需要大家共同认可的能力。

中国发现电源问题后，及时提了出来。组织成员对中国提出的电源方案进行充分的讨论，经过两年严谨的论证，一致认为中国方案最好，于是在欧盟已经拿下电源采购包，但又无法继续进行的情况下，这项工作改由中国来做。欧盟到了嘴边上的肉，无可奈何之下，又只好让给中国来"吃"。后来一番深入采访，我终于知道，电源采购包项目是由傅鹏副所长带领团队承接的，是在黄懿赟、高格、许留伟三位研究室主任具体负责下完成的。

这说明什么？吴杰峰说，说明了中国科学家的能力！如今在 ITER，试验电源标准是中国标准。

在吴杰峰背后的墙上，有 3 个非常显眼的获奖证书，那是研制中心的"眼睛",那是研制中心"最好的门面",因为获奖证书是 3 个"国家科学技术进步奖",都是一等奖呀。其中与 EAST 有关系的就是"全超导非圆截面托卡马克核聚变实验装置的研制",这让我似乎有一种找到"根源"的感觉,因为"非圆截面"这个深深印记在我记忆中的特点,原来出自吴杰峰和研制中心。这的确让人激动。

不仅我激动,总是面无表情的吴杰峰似乎也开始激动。我能看见他双眸中闪现出来的激动光芒。

越说越激动的吴杰峰,后来站起来,干脆带我去车间。我终于看见一个安静的人激动起来的样子,显然这和过去紧张的 EAST 工作有着紧密的联系,就像埋下了一团火种,始终潜伏在有过那次经历的人内心深处,只要讲述起来、只要回忆起来,就会瞬间被点燃。

我跟着吴杰峰,走出会议室。

这是一个不大的院子,异常安静,没有我们熟知的传统车间里的"喧闹"。其中一间厂房门口,矗立着一块巨大的标识牌,上面赫然写着几个大字——"建立 ITER 电源新设计标准,承接中国最大采购包",大字下面,分别介绍着"ITER 电源系统特点""建立 ITER 电源新设计基准""成功研制大功率一体化非同相逆并联四象限变流器"等,仿佛带着一种夺人的气势,像是不动声色的动员号角,每一个走进车间的人,都会听见。谁也不会想到,在这个安静小岛的一个小院子里,他们在生产着"世界元件"，在让世界那些先进国家按照中国标准运行。这是一件不容易的事，要知道没有 EAST 的成功，中国也就不可能走进 ITER 组织；要是没有在 ITER 的充分立足，也就不可能有制定电源标准的可能！

我在后来的采访中，听到许多人都是这样认定的，EAST 装置的研制、建造和运行，收获不仅体现在核聚变研究上，它还带动了诸多行业的发展，刚才讲过，这个 EAST 的装置需要 13 个领域的领先技术，一个装置带动了多个领域齐头并进的发展。

小院子在太阳的照射下，升腾着一股热气，但是这个简朴的小院子，让所有到来者的心中，有着一种难以形容的清凉，那是澎湃之后的舒畅，那是奔跑之后的美妙。

我不想离开。站在院子中间，左看右看。吴杰峰告诉我，还有一个车间。我们对视一笑，我跟随吴杰峰又走进另一个车间。

因为空调的作用，车间不热，非常凉爽。绿色的哑光地面，一尘不染。三十多年前，我也曾在工厂工作过，那时的车间厂房，地面都是粗糙的水泥地面，一把大扫帚下去，仿佛来到沙尘世界。工人们穿得脏兮兮的，每年发下来的工作服哪里舍得穿，好多工人都把好看的工作服留在上下班时穿，上班时都把破烂衣服穿在身上。那时的车间像一个收破烂的地方。改革开放 40 年的巨大变化，不仅体现在一些重大科研项目的突破上，其实也体现在许多微小的细节里面。这些微小的细节，犹如一个人身体上的毛细血管，反映着身体的健康状况。

慢慢走在车间里，一片安静，吴杰峰告诉我，这里的工人，学历最低也必须是大专毕业，正式上岗前，还要进行一定的培训，每个工人都要对核聚变有比较详尽的理解。一个人即使做某个方面的工作，也要对全局有所了解，这对具体工作将会起到无形的有力的帮助。这就是等离子体所的细微功力。他们之所以取得现在的成功，原因在于每项具体工作的严谨、细致。

我们进了一间库房模样的小屋子，看见紧靠墙壁整齐排列着像是小板凳一样的铜质圆饼，上面贴着非常详细的编号。这些材料特别精致，观看它们绝对不能粗心大意，心境不由自主地随着它上面幽静的光泽而安静下来，然后一切都会变得舒畅自然。

最让我感到奇怪的是库房外面摆放的，长条形的像是房梁一样的材料。这些材料的上面部分带有特别好看的花纹，仿佛树木的年轮。我用手摸了摸，这应该是铜质材料；再看下面部分，是钢材，虾青色的，不是同一种材料。

我蹲下身子，又仔细看两种材料的接缝处，几乎严丝合缝，像是同一种材料的两种不同颜色。

吴杰峰看出我对这块材料特别有兴趣，他也蹲下来，用手摸着材料，非常认真地告诉我，这是铜和不锈钢的"连接"，这两种不同材料的连接，用的是一种"炮轰"的科学手段，通过高强度的热度，把两种不同分子"同质化"，然后紧密地"联系"起来，至于中间的连接部分，那是百分之百不会分裂、脱离的，这种材料用于托卡马克装置的某个部位上。

我不由得啧啧赞叹。吴杰峰似乎不以为意，好像这样的成果就是"小菜一碟"，不值得大惊小怪。

在研制中心的院落里，能够看到一种有条不紊之下的强有力的喷发。这种喷发出的能量，埋伏在每一个角落里，然后集聚成了一种强大的力量，甚至影响到了遥远的 ITER。

我望着阳光下的吴杰峰，想从他身上或是语言中，寻找这种力量的源泉。问他，为什么在这里这么多年，想过要离开这里吗？

吴杰峰看着小小的院落，淡淡地笑了，我的好多学生，现在都在南方，工资比我高。但我不想离开这里，我一点不懊悔，也不羡慕。因为这里有我喜欢做的事，做自己喜欢的事，那是多么快乐呀。

平日里不爱笑的吴杰峰，此刻笑起来像是一个不谙世事的学生。仔细端详笑起来的吴杰峰，你会感到他是一个特别着迷于工作的人，正如他说，他喜欢这里。

安静的吴杰峰，遇见安静的科研氛围。

完全正确。

七

这一天，天气真是热啊，我一直坐卧不宁。但看气温，竟只有 23 摄氏度。也不知怎么回事，整天都是大汗淋漓的状态。

一个叫赵君煜的男人，却让我可以瞬间冷静下来，是他的面容、他的神态，还有他的好嗓音让我冷静下来。说真的，他嗓音真是好听，音色淳厚，音域辽阔，还有一种特别的磁性感。

赵君煜，在 EAST 项目建造期间是计财处长，现在是"聚变办主任"。这个大脑门、高鼻子的湖南人，说话口音却没有一丁点"辣味"。他毕业于同济大学应用物理专业，在学校期间，专攻的就是等离子体专业。他来到等离子体所，算是真正的专业对口。但我心中也有疑问，为什么 EAST 项目期间他没有做专业技术工作，而是去了计财处？这与他的专业之间，差异似乎太大了。我没有直接问，我想等一等，慢慢把这个问题抛给他。

只要与正常理解有差别，那就肯定有故事。只要有故事，就会突显这个人的特征。

我采访赵君煜的时候，是我刚上岛的第二天，特别需要一次完整清晰的关于历史与现实的梳理，我在查看相关资料的时候，有各种各样的问题"盘绕"在我的脑子里，仿佛无数只在天上盘旋而无法落下的鸽子，那时候我特别想快一点搞明白、弄清楚等离子体所的历史脉络，在接下来的采访中，就能够更加富有针对性。一个不了解外部地形的人，怎么能够深入了解内部？

在来等离子体所采访之前，我就定下这样的严格标准——不仅要了解等离子体所从建立到不断发展壮大的历史、了解HT—7和EAST的发展历史，还要了解人的历史。科学装置是由人来完成的，只说装置不说人，不能彻底表现等离子体所的全貌。只有全方位的了解，才能做到心中清楚，才能更好地去书写历史。毕竟托卡马克装置——不管是HT—7，还是EAST——是由人来完成的，况且这两个项目的参与者不下三百人，这些人如何处理彼此之间的关系？一个带头人如果不把大家的情绪凝结到一起，肯定搞不好这项工作；而这么多个性鲜明的科技人员聚在一起工作，又该如何把握这个"凝结"的尺度？

我和赵君煜的交谈，就是在这样的情境之下慢慢展开的。

1986年来到岛上的赵君煜和吴杰峰一样，也热情帮我梳理等离子体所的发展历史。我很快发现，赵君煜思辨能力、分析能力极强，话语之间也充满强烈的逻辑性。

他从全球大局方面帮我分析，ITER这个世界性组织之所以能够诞生，是因为核聚变研究在当下确实是一项需要巨大投入的项目。在这个组织诞生之前，世界各国都是关起门来独自研究，生怕技术被别国窃取，后来大家清醒地认识到，核聚变研究的终极目标就是造福全人类，既然如此，大家一起合作研究吧。那么中国的核聚变研究呢？其实早在 20 世纪 50 年代就已经开始布局，地点选在四川，有大约两千多亩地，研究人员也有两千多人，规模非常大，这也可以看出国家对此项目的重视。非常遗憾，后来，这个核聚变研究项目"下马"了。

中国核聚变研究之所以刚"上马"就"下马"，是因为这项研究耗资大，实际应用的效果呈现周期又极为漫长。很多国家都等不及了，不干了，就连美国这个超级大国，也曾经退出过 ITER。

如何面对棘手问题，能看出来一个人的心理状态如何。我想刺激一下赵君煜，看看他面对刺激问题时的反应。

我问他，从我看的各种资料中，发现等离子体所在某个时段中，几乎所有重要岗位上的重要人物都是北大学子，这该如何解释？

赵君煜非常轻松地说，这有什么奇怪的？中国科技战线的春天，与改革开放同步，是从 1978 年科技大会开始的。那时候国家百废待兴，科技战线也是如此，全国面临的问题都是一样的，说是科研院所，但是没有科技人才，只是一个空架子。等离子体所筹办初期的人都是北大出来的，比如万元熙、谢纪康，这些人要找相同专业的人才，大致的途径就是找同学，在那个时候，这也是最好最快的办法，而他们互相认识的渠道也是来自同学，所以一来二去……几乎都来自北大了。

我觉得赵君煜的解释非常好，尊重现实，合情合理。随后，我又把另一个尖刻问题抛给他，既然那时候科学春天刚刚来到，按照大学生身份，一定还有很多"工农兵大学生"，他们也会来到科研院所，但因种种原因，他们专业水平参差不一。这个问题如何解释，如何看待？

从见面初始，我就觉得赵君煜特别适合在科研院所从事行政工作，他的确是有这方面的能力，这也是当时所长李建刚把他从科研一线调到计财处的缘由，这也能看出来李建刚的用人之道。他不仅口才一流，识人辨人也是不错的。

显然，"工农兵大学生"这样的话题，根本难不倒赵君煜。他很平静地说，这就是历史，历史是要一分为二来看的。"工农兵大学生"的专业水平与"文革"前经过考试进入高校的学生来比，可能综合水平或是整体水平不如他们，但是他们当中也有佼佼者，也有高水平者，至于造成整体水平不高的原因，不在乎他们自身，那是历史造成的，但绝对不能否定他们当中高水平的人，他们对等离子体所同样做出了重要贡献，他们还拥有其他特别的能力，可能又是那些专业水平较高的人所比不了的。

此话怎讲？我问道。我已经觉出，赵君煜肯定会给我举例子的。他喜欢用例证来说明他的看法。

果然，赵君煜开始举例子。

HT—7 这个装置，说是苏联人送给我们，其实还是"交换"来的，所谓的交换，就是我们给予当时经济异常困难的苏联人一些生活用品。当时数百万元计的生活用品，也不是一下子就能搞来的，而所里有些"工农兵大学生"在这些生活物品筹集方面做了很大贡献。从这一点来说，等离子体所在前进路上所取得的成绩，是集体力量的结果，所以万元熙院士最后拍板申报国家荣誉的时候，完全排除了个人项目，申报的是集体荣誉，从这一点来看，等离子体所走在一条正确的道路上。

我发现，大家对于 EAST 申报集体荣誉，是给予充分赞誉的，这是得了民心的一项举措。由此也可以看出来，万元熙懂得"民情"，是一个头脑清楚的人。

我希望所有被采访者都能"有啥说啥"，通过他们每个人的视角来端详近在眼前的 EAST、回忆 HT—7，以及遥远的 HT—6M，还有更加遥远的 HT—6B。

非常欣慰的是，在等离子体所的采访，我接触到的每个人，他们都是直来直去，坦诚地讲出自己的观点、看法，没有一个人躲躲闪闪。这也从另一个侧面说明等离子体所是一个工作氛围良好的部门，所有的争论、所有的批评都是光明磊落的、都是大气豪迈的，多少年之后回忆起来，肯定还会让人觉得舒服、畅快，即使有争论、有矛盾，也都是那样令人神往，充满着一种工作的情韵。

我们又说起了筹建等离子体所功臣之一的陈春先。

只要说到中关村，所有的历史回忆中，都会提到中国科学院物理研究所的科学家陈春先。不说陈春先，就不能说明白中关村。因为中关村是经过陈春先的倡议才建起来的。

但没有想到，陈春先还与科学岛、等离子体所存在密切联系。

陈春先为人的最大特点就是不断出新。当初为了筹建等离子体所，他竟然通过多种渠道，直接找到了国家领导人。陈春先摆出了一大堆道理，后来得到国家领导人的亲自批复，最后中科院才成立等离子体所。当然，有关陈春先的故事，后面再详细讲一下，每当说起他，人们都会充满着特别的感慨。

陈春先领导等离子体所的时间很短，随后他就开始开公司、办企业，甚至还把公司开到香港去，生意也是越做越大。陈春先之后，紧接着就是霍裕平主持工作。当时大家公认中国科学院物理研究所有四大才子，其中霍裕平、陈春先占据两个位置，这两个人先后都来到了岛上，都与等离子体所产生了密切的联系，这也为日后书写等离子体所的历史，增添了许多可写的话题。再然后，就是万元熙院士主持等离子体所，开始 EAST 的征途。

和赵君煜的交谈，总是把我拉到历史情境中，总是不断让我想起我阅读过的大量历史资料，那些记载着历史的文字还有真实的现场图片，在赵君煜的讲解中，总是令我非常感慨。

赵君煜因为有事，要临时出去一下，他让我等一等，于是那个安静的上午，我有了很大的回忆空间。这种回忆，常常因为特殊的境地、特殊的时间，而变得愈发的丰沛和饱满。

那会儿我在想，霍裕平和 HT—7，万元熙和 EAST。这两位优秀科学家以及他们各自的"代表作"，几乎构建了等离子体所二十多年的辉煌岁月。这两个人以及彼此领导下的大科学装置，其实也有着时间上的交叉，同时两个人的影响力，也会相互影响、相互制约着对方，从而构成了一幅特别的画面。

比如在 EAST 的设计和起步阶段，万元熙和他的团队也面临着很大的阻力，因为当时 HT—7 还在，还没有到"退休"的年龄，还有必要再上一个大科学装置吗？况且这个 EAST 在立项之前，提出的口号也非常简单，一定要走在世界前列，一定要赶在韩国制造出相同装置之前建成。在当时反对的声浪中，有就霍裕平的声音。就像当年万元熙反对霍裕平引进 HT—7，现在霍裕平又反对万元熙建造 EAST。这是两个个性鲜明、风格不同的科学家之间的技术博弈、思想较量。

在等离子体所，大家有一个特别好的惯例，无论观点怎样，无论在科学理念上有怎样的争辩，都不会对大科学装置做出伤害性的举动，只是对这个项目本身发表不同的观点。我这边说，你那边可以继续做。在这个知识分子扎堆、特别容易产生矛盾的地方，这个集体竟然 40 年来一路前行，始终不断地突破科研极限，一路辉煌下来。从这个方面也可以看出来，等离子体所已经建构了自己独特的"大装置文化"。当时无论面对怎样的反对声，万元熙和他的 EAST 团队始终快马加鞭、一往无前。

赵君煜回来了，一股门外的热气打断了我的思绪。我把听来的、看到的，统统讲给他听。这个有着物理专业背景却做着"计财"、现在"聚办"的湖南人，听完我的疑问和感慨后，非常真诚地告诉我，这些人都是好人，他们只是因为个性原因而呈现独特的精神风貌，而且他们所有的出发点，都是为了这个集体好，都是为了核聚变事业的发展。这就是等离子体所最令人骄傲的地方。

我琢磨着赵君煜的话，感觉确实如此。

我突然想到外界对霍裕平、万元熙的评价。比如有些人说霍裕平做事"霸道"，说一不二，在当年借钱发工资的情况下，硬是把万元熙已经带人研究了两年的装置方案"下马"，导致万元熙抱着一堆辛辛苦苦设计好的方案图纸十分悲伤。怎么会不悲伤呀，等于一拨人两年的心血付之东流；但也正是霍裕平的"霸道"，让等离子体所实现了"弯道超车"，一个 HT—7 的出现，让中国的核聚变研究一下子站到了世界核聚变的前沿地段，避免了"无效时段"。万元熙呢？许多人都说他和蔼可亲，没有架子，但是在连续 3 年的时间里，作为项目总经理，他几乎不让大家公休，在没有一分钱奖金的条件下，硬是用不可思议的工作方式建成了 EAST，一步迈到了世界核聚变的最前端，处于"领跑地位"，也直接让中国加入了 ITER，难道万元熙的和蔼可亲，不是另一种"霸道"做法吗？这是两个"出牌风格"

迥异的科学家，无论是霍裕平的"先手牌"，还是万元熙的"后手牌"，他们都是"出牌高手"。难道不是吗？

与赵君煜的聊天，让我能够想象出来，在当年的计财处，作为处长的他，也肯定拥有自己的"特别方法"，制定条例、规章、制度，每个人拿你应该拿的钱，不管是谁，都在一种制度之下去工作。肯定是这样的，尽管他没有过多地讲自己。

这时候，我再一次感觉出来，无论是 HT—7 还是 EAST，或是更早的那些实验装置的成功，都体现着等离子体所的一种集体意识。

集体——团队；团队——集体。

这样的连接、等同，是等离子体所最大的精神宝库。

八

假如说，与赵君煜的交谈，帮我打开了一条思考等离子体所的思想通道，那么与刘琼秋的相识，则是让我看见了这条通道内更加具体的细节。

EAST 成功过程里的诸多细节，应该是从刘琼秋这里开始了解的，他给我讲了许多难以忘怀的细节，这让我对如同堡垒一样的庞大的 EAST 装置，有了更加亲切的感觉。

在我见到刘琼秋之前，我所见到的、采访到的人，都是拥有高学历的，可刘琼秋仅有中专文凭。他见到我，第一句话就是"我是 EAST 诞生过程中学历最低的人"，说这话时，他的脸膛红彤彤的，像一个熟透的红苹果。

我和刘琼秋的交谈，始终是在行动中进行的。

我问他，为什么你的部门在整个 EAST 大装置建设中属于支撑系统？他想了想，然后带我去看 EAST，看看他们部门的"支撑"在那个闻名世界的大科学装置中，到底是怎样呈现的。

我们行走在寂静无人的小路上，那一段不长的带有坡度的小路，刘琼秋不知道走过多少次。这个 1962 年出生、留着小平头、戴着一副高度近视镜的湖北人，自 1977 年 7 月来到岛上——最初是在光机所受控站（等离子体所前身）——已有三十多年了。这个合肥市木材公司技校的毕业生，在这三十多年时间里，曾经先后干过冷却水、水塔、35 千伏变电站等多个部门的岗位，但始终是在等离子体所的"技术中心"，这个身体单薄、脚步轻盈的中年人，假如未来几年工作没有重大变化，他也肯定要在"技术中心"光荣退休了。

路过 EAST 前面的羽毛球馆，我问刘琼秋平日里有体育锻炼吗？他笑称，我这个工作就是体育锻炼了。他说得实在，脸上带着淳朴的笑容。

我们来到试验中心，我跟着他下到地下一层，那一刻，我赫然看到一个蛛网般的世界。由无数根巨型工字钢搭建起来的地下世界里，同时还交织着数不清的铜排。这些铜排，薄而长，大约 6 根铜排加工成一组，每个铜排中间都有着均匀的空隙，这些有着漂亮光泽的铜排，几乎布满了地下两层，仿佛一个铜的万里长城。

因为高度不够高，而且地方狭窄，我几乎侧着身子、低着头走过。我惊讶地问刘琼秋，这些是什么呢？这些由铜排构成的地下世界，对 EAST 有着怎样的帮助？

那一刻，刘琼秋的目光瞬间变得深远起来，我又看见镜片后面的眼眶里，有着晶莹闪亮的光。我心紧缩了一下，不知道这句话触动了他什么？

刘琼秋告诉我，就在这片狭窄的空间里，他带领着技术中心的 12 个工人，以及外面临时雇来 17 个民工，一共 29 人，在这片转身都很困难的场地里，整整干了 3 年。在这 3 年时间里，他们几乎忘了外面的世界、忘了自己还有家庭、忘了还有节假日，也忘了还有公休日。

刘琼秋看着我迷茫的目光，他扶着身边半人高的护栏，开始给我讲起那段紧张的日子来。

EAST 装置需要十几项高新技术的参与，每一项技术都是超前的，不仅在中国，在世界也是难度位居前列。所以，中国科学界已经达成共识，核聚变研究的每一个步骤、每一个学科，都在某种程度上带动了某个学科、某个领域、某项技术的飞跃发展。我们常说的"一举多得"就非常符合核聚变研究的情况。

刘琼秋所在的技术中心负责电源系统的设计、安装。要在数千度乃至上亿度的高温下使氘、氚原子核碰到一块，发生聚变，显然都需要外界强大的电源支撑来进行试验。因为 EAST 是国内首次研发的项目，之前从来没有过，所以围绕着 EAST 的一切都是首次研发的，当然也包括电源系统。国内找不到可以借鉴的方案，也从来没有人干过。怎么办？让专家设计图纸？让专业人员施工？到外面问了一圈，价格高得吓人，同时周期也很漫长。最后万元熙亲自拍板，我们自己干！

刘琼秋至今还记得万元熙院士说完这句话，所有人都惊住了，自己干？怎么干？就像在不认识路又没有仪器能够指路的情况下开车，这车该怎么开？但是决心已下，就要迎难而上。

刘琼秋指着令人眼花缭乱的地下供电系统说，设计图纸是我们大家商量着画的，活儿也是我们这些"土包子"干的。

望着眼前如同迷宫一样的铜世界，真的不敢想象，这个"迷宫"是中专毕业的刘琼秋带领着所里的几个工人还有附近找来的民工干起来的，不仅中国人不相信，外国人更不相信。这就像是奇迹。

这些漂亮的铜排，短的三十多米，长的近百米，异常沉重，因为施工环境狭小，使用不了机械设备，完全是靠人工搬运安装，大家硬是用肩膀扛、用木棒抬来完成的。铜排连接处需要把线头压瘪，然后连接。怎么压？用一种特制的工艺枪，射出来一种类似子弹的东西，然后把两块铜排连接起来，这道工艺俗称"压鼻子"。

这时候，我发现刘琼秋脸上掠过一丝难以形容的神情。我问他怎么了？他不说。我再问。他这才慢慢讲起来。

刘琼秋说他有一次在"压鼻子"时，连接点突然崩开，飞溅起来的铜排正好打在他脸上，顿时鲜血流出来，把在场的人吓坏了。还好，打在了眼镜上，眼睛保住了，要是没有眼镜，眼睛肯定瞎了。就是这样，刘琼秋工伤休息了几天，马上赶着来上班。月底结算奖金，因为工伤休息，他被扣掉了一百元的奖金。

工伤休息、伤没好就来上班，然后还要扣发奖金？现在听来难以理解的事，就发生在当年 EAST 的工程中。

我问他，想想过去，你后悔吗？

刘琼秋感慨起来，他说一点儿不后悔，通过两次托卡马克装置的改建、建造过程，他从一个普通工人，成长为一名技术专家。

第一次干 HT—7，工程完工后，他被上级提拔，评上了中级职称。最重要的是，自己长了本事。第二次干 EAST，他又前进一步，长了更大的本事，如今已是电源系统的负责人，副高职称。

刘琼秋父亲是中华人民共和国成立初期毕业的大学生，当年对儿子刘琼秋没有考上大学还耿耿于怀，如今父亲早已释然，中专毕业的儿子走到今天这一步，完全超乎父亲的想象。用刘琼秋的话说，科学岛上有三大项目闻名，第一个是当年的 HT—7，再就是前些年的 EAST，现在则是强磁场。这 3 个大科学装置项目，分别是国家"九五"计划、"十五"计划、"十一五"计划的大型项目，而刘琼秋直接参与了前两个国家计划的工作。

刘琼秋说，一个人一生能够参加国家两个大计划项目，也是不容易呀。看得出来，他说这番话时，脸上带着一种骄傲的神情。

我和刘琼秋在"地下长城"漫游，走到一个高台前，他停下来，看着那个高台，久久不语。我预感到恐怕又有故事，问他想起啥了。刘琼秋爬上高台，指着台面上一个圆孔说，那年我差点死在这里。

由无数根铜排构筑的"地下长城"寂静无语。我问缘由，刘琼秋告诉我，当年他站在这个高台上，指挥吊装电缆时，过于专注头上的吊装物，要分毫不差，一次吊装成功，一时间忘记了脚下这个圆孔，他像一个笔直的棍子掉了下去，幸亏下面还有一个横条，把他接住了，否则后果不堪设想。虽然命保住了，但是两根肋条断了。

刘琼秋站在高台上朝我笑。那一刻，我想哭，但我不能当着刘琼秋哭，我说我先去一趟洗手间，你等我一下。

我跑到外面的洗手间，对着镜子，再也忍不住了，泪流满面。我始终不明白，到底是一种怎样的东西在激励着他们这样做？这种情况要是讲给现在的年轻人，他们会相信吗？

我回到那个高台前，刘琼秋已经下来了，他静静地站在装置前面，身体像是一尊雕塑。

我问他，为什么那么干，为什么？

刘琼秋跟我讲，为的是被尊重，为的是被理解。

EAST 验收合格后，所有参战人员开了一个冷餐会。所谓的冷餐会，就是弄了一点凉菜，摆在会议桌上；又弄了一点儿饮料，然后代酒庆贺。万元熙挨个"敬酒"，敬到刘琼秋他们电源系统方面人员时，说了一句"功不可没"。刘琼秋回忆说，听到这句话，好多人都哭了。

我不敢相信，万元熙的一句"功不可没"，竟能产生如此大的威力？我询问个中缘由。刘琼秋说，一个人被尊重很重要，在这个如此重要的大装置建设中，自己能够参与其中，还能够起到重要作用，还会得到科学家的尊重，这比给多少奖金还要好，还要让人高兴。

我相信刘琼秋的心里话，尽管这话现在听起来似乎有些"傻"，但我们努力回想，一直以来有一种可贵的精神——比如王进喜、比如雷锋、比如钱学森、比如黄大发——似乎看上去都有些"傻"。但是"精神"与"金钱"永远不能画等号。

再有，为什么那么多人说起科学岛，就充满着无限的感慨？因为这个小岛上有着一种无法形容的可爱精神。许多人都说，当年岛上人的思维，要比岛外的人"落后"10年到15年，好像差了一个时代。所谓的"落后"，就是"不机灵"，就是"傻"。可许多时候，正是这种"不机灵"、这种"傻"，才造就了一种淳朴的工匠精神。刘琼秋和电源系统的工人们，他们用"不机灵"和"傻"，造就了一段令人敬佩的科学历史。

更让我们深思的是，工伤休假扣奖金，他们没有怨言，反而因为他们受到了当时项目总经理，同时也是等离子体所所长的万元熙的表扬而至今难忘。由此可见，"讲台上的人"说什么很重要，他们一句表扬、一个尊敬平等的目光，都能让"台下的人"无限感怀。这也从一个侧面验证了一个真理，"台上的人"应该知道"台下的人"心里想什么,应该拥有一种同甘共苦的理念,"受人尊敬的人"应该明确知道自己该说什么、该做什么。"台上的人"只有说心里话,与大家命运与共,你才能被人尊敬,大家才能听你的命令。说到这里,也就令我们更加感怀,万元熙的"和蔼可亲",其实也是一种"命令",一个受人尊敬的科学家,每天在和普通工人一样出大汗、卖大力,他的话谁还不听呢?

当我把心中的感慨讲给刘琼秋时,他的"傻劲"又来了,他说正是有了这段难忘的经历,他们才有了本事,有了真正的本领!

的确如此,正是因为有了像 EAST 这样的机遇,等离子体所才培养了一支敢打硬仗、能打胜仗的专业队伍,这支队伍的影响力至今还在发挥着特别重要的作用。在科学岛上交通变得更加便捷,岛上与外界联系更加通畅的今天,一种令人敬仰的精神或许也在悄悄迷失。我们可以假设,现在的人们还能像当年那样,即使因工伤休假要扣奖金依旧能没有怨言地工作?

一种怅然,一种必然。可能这就是生活吧。

我和刘琼秋走出这个寂静的地下世界,心中颇多感触,支撑系统的人正像他们部门的名称一样,用默默无闻的行动,构建了这个庞大的地下世界,他们是幕后英雄,他们可能永远走不上科学论坛,但他们是坚实的地基。EAST 上面五星红旗的飘扬,其中有着他们幕后的汗水和艰辛。

刘琼秋又带我去看变电站。

很近，在 EAST 大厅不远处，小岛的西北端。那里更加安静，要不是楼房缝隙处隐约闪现的电网，可能会被人认为是等待开发的一片处女地。

刘琼秋紧走几步，告诉我，新变电站输出功率大得惊人，可以这样讲，合肥市乃至整个安徽省，恐怕都没有如此大功率的变电站。合肥市电力系统的人员经常来这里，学习、参考、积累经验。

在岛上采访的那段时间里，只要有空闲时间，我就会在岛上四处游走，寻找历史痕迹，寻找过去与现在的反差与对比。总会在偶然间看见一些过去时光的斑驳遗迹，它们或是掩映在绿树丛里，或是躲藏在高耸的新楼背后，总是在突然之间跃入我的视野。

我记得在"科学岛学术交流中心"旁边，也就是前往等离子体所的路上，有一个破败的变电站，更准确的叫法是"配电房"。红砖小屋，也就是十平方米左右，天蓝色的门。房屋墙上刷着小广告。它孤零零地立在一片荒地之上，不远处就是新建的合肥物质科学研究院大楼。我相信，这样的"配电房"过去在岛上肯定不少，那时变电站肯定也有，但比这个简陋的"配电房"也"豪华"不到哪里去。一定是这样的。过去的痕迹已经证明。

可眼前刘琼秋"统辖"下的这个变电站，显得尤为大气。他带着我，从电脑控制室穿过去。控制室不大，其中一整面墙都是大屏幕，这里是全岛的电力中枢，包括 EAST 装置的电源，也包含全岛路灯电源。

在进行 EAST 实验时，电源保证是重要一环，绝对不可以出现断电的情况，否则实验就会失败，造成的损失无法估算。刘琼秋告诉我，每次在 EAST 实验前，他们电源中心要与合肥市电力公司做好紧密的衔接，电力供应都要保证万无一失。那时候，刘琼秋他们将会高度戒备，像是一级战备。

下午，在这片无遮无拦的变电站空地，温度似乎陡升了好几度。我看见还有工人在带电作业，即使站在阴凉地也会满身大汗，何况太阳直射下穿着厚厚工作服作业，汗水一定会浸透他们每一个毛孔，肯定会流到他们眼睛里，流到心里。

刘琼秋很轻松地说，习惯了，不算啥。

从刘琼秋轻描淡写的语气中我能感受到，他们已经习惯了，真的习惯了。骄阳酷暑、寒风冰霜……似乎生活中所有的恶劣天气，都不能成为对电源通畅的阻碍。工作艰苦似乎早成习惯。正像万元熙院士当时所讲："经历了 EAST，还怕什么？"这种精神在等离子体所是有传承的，他们就是这么一代代传下来的。

刘琼秋说，当年他还是小年轻的时候，大家正在奋力建设 HT—7，那时他们处长四十多岁，但已满头白发。有一个阶段他们连续加班，处长累得站不起来，有人搬来一个躺椅，深夜寒风凛冽，白发处长躺在躺椅上指挥，刘琼秋永远忘不了那一幕，就像冰天雪地里守卫疆域的战士一样……等离子体所的人就是这样一年接一年"干"过来了，已经形成了一种牢不可破、坚忍不拔的"聚变精神"。万元熙也是这样，他关心每一个细节，跟小伙子们一样拼命工作，但他还有着更大的担当。

刘琼秋清晰记得，那年他们去外地采购铜排，那年不知道为什么，铜的价格不断上涨，几乎到了每天一个价格的惊人程度，他们一行人拿不定主意，再加上当时通信不太方便，随时汇报，的确非常困难。万元熙对刘琼秋他们说，你们拿主意吧，不管出了什么事，我来承担责任。最后他们以3万元一吨的价格拿下了所需的所有铜排，后来铜的价格继续疯涨，最后到了6万元一吨。

刘琼秋感慨地说，要是没有万元熙院士"出了事我来负责"的命令，我们不仅不敢拍板购买，还会让EAST项目的费用增加不少。

过去了那么多年的事，如今刘琼秋回想起来，依旧非常感慨。当所有人变成同样一种姿态、怀抱着同一种意念时，他们就会拥有一种无穷的力量，这种力量不可阻挡，可以攻破任何艰难险阻。

站在变电站的空地上，我已经忘记了炎热，看着身边的这个中年人，心中只有感慨。

刘琼秋指着变电站院墙后面说，那里将要建成科学综合中心，2000亩地呀，其中给了等离子体所600亩，我们将来一定会越来越好。

在等离子体所走访时，我最大的感受是，这里每一个人，无论老幼都有愿景、都有希望，这种愿憬、希望不仅体现在集体荣誉中，还体现在个人的畅想中。就像刘琼秋，他的儿子已经博士毕业了，听说他儿子就是在岛上长大的，当年岛上的小学、中学老师都来自安徽名校，也都是名师，这些老师们不仅解决了等离子体所职工们的后顾之忧，还培养了一批又一批优秀的"岛二代"，在那些"岛二代"中，还曾经出过全省高考文科第一。

科学岛上的最大魅力也在于此，不仅集体精神传承，家庭精神也跟随着集体精神一样并存、传承。

九

在来科学岛采访等离子体所科技人员之前，我对托卡马克装置几乎闻所未闻，甚至根本无法想象，在这个装置内怎么可能有高达上亿度的高温呢？太阳的表面温度为 6000 摄氏度，太阳的核心温度是 1500 万摄氏度，这已经让人大为惊叹了，而等离子体所设计建造的 EAST 装置，内部温度竟然能够达到 1 亿度，大部分人都会发出这样的惊问，什么东西能够承受住这样可怕的温度？为什么需要这么高的温度，难道温度低一些就不能进行聚变反应吗？

我们有必要进行一下科普。

1957 年，一个名叫劳森的英国科学家经过严密的科学计算，得出一个公式，这个公式后来被称为"劳森判据"，这个判据给出了核聚变点火的条件：当核聚变燃料的温度、密度和约束时间三者的乘积大于一个特定的值时，就可以发生核聚变反应。

再继续简单地科普一下：温度和密度都是宏观世界的概念，

而在微观世界中，温度其实与粒子的运动速度有关，粒子运动速度越大，温度越高。而密度则对应单位体积内粒子的数量，单位体积内粒子数量越多，密度越大。宏观世界的核聚变反应，对于微观世界来说，就是让原子核碰撞结合在一起。说到这里，非常清楚了。实现核聚变需要让原子核运动速度加大，速度大意味着原子核具有较大的动能，这样它们才能克服两者之间的静电斥力。速度加大，对宏观世界来说就是温度升高，可以增加核聚变反应发生的概率。

既然“温度”是一个重要标志，可能在普通人看来，似乎只要拥有了“高温”这一武器，实验就可以畅通无阻。但事实并非如此，万元熙院士曾经有过非常清晰的解释。

托卡马克装置是用磁场构成的“磁容器”，以此来“盛装”和约束等离子体的高温聚变燃料。磁场由线圈通电产生。线圈如果有电阻，长时间通电导线发热就会被烧毁，聚变实验装置或未来的聚变堆，将会不能稳态运行。所以，超导托卡马克的线圈用超导材料绕制，运行时将线圈降温并保持在零下 269 摄氏度左右，使它的电阻为零，这样托卡马克的磁体（线圈）就能稳态运行而不会烧毁。这里的低温与聚变堆芯的高温没有关系，它不是用外面的低温来保护堆芯的高温，而是用来实现稳态运行的磁容器。

为了说得更加明白，我们还要把这个 EAST 装置用“切西瓜”的方式来一个横断面，看看里面的结构。

合肥物质科学研究院副院长、等离子体所现任所长万宝年在其主编的科普读物中，把 EAST 装置形容为"冷酷的外表、火热的心"。这太形象不过了，"火热的心"的温度，我们已经知道了，那么"冷酷的外表"到底有多冷呢？零下 269 摄氏度。从 1 亿摄氏度到零下 269 摄氏度，两者之间的距离，在 EAST 装置中，竟然只有一米多一点儿。可见这个 EAST 装置有多神奇。地球的最低温度记录大约零下 90 摄氏度，EAST 的低温已经接近于物理学中的最低温度极限了。在超导托卡马克上，利用这种低温冷却超导磁体，它就能够安全稳态地工作。

那么，如何达到零下 269 摄氏度？

在这个炎热的午后，我去寻找清凉。这样的感觉就像读一首浪漫的诗。带着这样一种奇特的感觉，我前往低温工程与技术研究室。

依旧还是寂静的街道，舒缓的带有坡度的小路，仿佛踩在音符的节律上。低温、低温，与一个叫庄明的人联系在一起。

在采访一个人之前，我喜欢了解一下被采访者的履历，这样见面交流起来会缩短距离，减少陌生感。最关键的是，可以节省被采访者的时间。我知道，时间对于科研人员来说，真是太宝贵了。

庄明，来自安徽黄山，现在是研究员、博士生导师，他不仅是低温工程与技术研究室的负责人，还是室务委员，他主要从事大型氦低温工程以及测量控制方面的研究和建设工作，曾经负责 EAST 低温控制系统设计建造，并且还承担磁约束核聚变能发展研究专项、先进高场磁体及低温特性研究等项目。

提前做了案头工作，还是需要面对面。面对面，可以通过目光，甚至可以通过气息来感应这些可爱的科技人员。

真没有想到，在 EAST 装置的建设中，负责低温系统的人是一个中年汉子。庄明特别爱笑，胖乎乎的，笑起来几乎看不见眼睛，似乎与他所从事的打造"冷酷的外表"的专业，有着天壤之别。

庄明和当下等离子体所的中坚力量一样，也是经历了 HT—7 之后，又开始 EAST 的工作。从这一点能看出来，这两个托卡马克装置的建造与试验，的确是锻炼、凝结起了一支科技队伍。这是不折不扣的现实。

庄明告诉我，等离子体所通过这两个装置，把中国的低温技术和超导技术，突飞猛进地发展到了一个全新的高度，甚至可以说已经走到了世界的前沿。氦低温如今已经降到了零下 269 摄氏度，而氦低温的极限温度是零下 273 摄氏度。显然，真的已经逼近极限了。

我问了庄明一个傻乎乎的问题，EAST 研究中低温系统的费用是多少？

庄明告诉我，一天大约 4 万元。

我又问他，这个钱花得值不值？

庄明耐心地告诉我，实验装置的材料必须全部是超导材料，而全超导必须在低温之下运行，否则根本无法进行科学实验。

也就是说，这个装置的运行，任何一个条件都不能缺少，而且这个条件还必须是超强的条件。

坝在的低温工程与技术研究室有三十多人，庄明是副主任。他年龄最大，其余都是"70后"。他是1982年毕业于安徽工业大学工业自动化专业的大学生，后来在等离子体所攻读研究生。这一路走来，所从事的工作应该与他最初的专业还是有些距离的。

不知为什么，我不是特别想让庄明讲低温技术，复杂的工艺、如何研究、如何达标，这些带有极强专业性的问题，相信没有多少读者感兴趣，即使听了也没有多少人能够明白，但是说一说中国的低温技术与其他国家低温技术相比，到底是处在一个怎样的位置，或者说是一个怎样的现状，我觉得这一定是更多读者想要知道的，只有在对比中才能显示出中国技术的先进性。之所以如此"要求"，完全是因为眼前的庄明，具备这样帮我分析的资本，他曾经访问过日本的核融合研究所以及韩国的聚变研究所。我们应该知道这样的一个现实，在亚洲国家中，日本、韩国和印度这几个国家都在核聚变研究上有着自己的"独到心得"，了解他国现状，对于本国的发展和进步，有着重要的作用。

庄明说话非常中肯，他缓慢地给我讲起来。这个笑眯眯的人，说起当下亚洲低温技术的现状，毫不犹豫地说，中国跟日本相比，技术相差10年左右。

除了低温技术，在"低温阀"这个项目上，我们已经拥有了自己的产品，现在 EAST 上就是使用我们自己研发的产品，但要想让日本、韩国使用，他们似乎还不放心，这个产品还没有像中国的电源标准那样，已经在 ITER 广泛采用。单凭这一点，我们的科研还有漫长的路要走，还有许多大、小项目需要我们攻克难关，让世界先进国家能够心服口服，能够放心使用。这条路不仅漫长，还很艰辛。

我和庄明的交谈，事后想起来，似乎有些"漫不经心"，经常东拉西扯，但也就是在这样散淡的交谈中，我隐秘地发现了其中令人赞叹的事。这个很少讲自己的部门领导人，每天都在给他部门里的年轻人做着表率。

低温技术人才要是到了企业，比如去那些做冰箱或是冷冻技术的企业里，工资和其他待遇可能要比在等离子体所高出很多。等离子体所的人才，要是去了这些普通的，甚至合资、独资的大企业，那绝对都是响当当的"大人物"。也曾经有过想"挖"庄明的大企业，但他都是一笑了之，庄明认识的一些人，去了企业后过得还都比较"舒服"，干活不累，待遇还高。

我把话直接挑明，你羡慕吗？

庄明认为我的问题实在幼稚。所以他笑呵呵地说，一个搞科研的人，应该做自己的专业，光是为了钱，有什么意思呢？

人生有许多种活法儿。"轻拿轻放"是一种；"重拿重放"也是一种。但是"重拿轻放"才是比较符合客观实际的。

这让我想起庄明讲的故事，很多年前，等离子体所实行"货币购房",竟然无法推行,原因就是好多人不知道这是一件"大好的事",甚至有人还向岛外的人求证,这件事做得来吗?岛外的人竟然一致说"傻呀,国家补助这么多,怎么不买呢",现在想起来,似乎过去因交通导致的封闭状态,曾经让等离子体所比较好管理,人"傻",不懂回报,就知道整天埋头干活。

在科学岛上的那些天里,我接触了很多人,也都是听到这样的"归纳、总结",似乎宝贵的精神,只是源于过去的封闭。也不能说,完全没有这方面的缘故,但只要仔细琢磨、认真分析,就会发现这只是一种表面现象。在如今信息如此畅通、交通如此便捷的科学岛上,等离子体所不是照旧还有许多"只知道埋头干活"的所谓的"傻子"吗?不管交通如何便捷、不管信息如何通畅,踏实工作、做好专业研究,这种安心、静心、痴心的"等离子体所精神"始终贯穿在全体人员的血脉里,甚至已经形成了一种历史基因,一种令人敬仰的奉献基因。这是不容否定的事实。

我告别庄明那间看上去有些杂乱的房间,一时间感慨颇多。虽然没有过多了解低温技术的诸多原理,但是找到了他们甘于奉献、勇于为国争光的历史传承,在"低温世界"里,找到了"炽热的根源",这无疑是一次成功的采访。

我要离开的时候,庄明给了我一张白纸,上面写着低温工程与技术研究室这些年参与 HT—7、EAST 这两代托卡马克装置的情况,手写的,认真仔细,非常清晰。我把这张纸放进书包里，我要带回去认真看。

走出大楼，禁不住回望。庄明站在门口，笑眯眯地向我挥手。

回去之后，我一直在回想着白天采访时的场景，不觉已是深夜时分，我又拿起庄明给我的那张纸看起来。正像万元熙院士给我讲的，等离子体所 40 年托卡马克装置的"成长史"，其实也是其他科技领域的"成长史"，中国或者说等离子体所的"低温技术"，就是伴随着托卡马克装置一起成长的。

请看下面的真实记录，会说明这一点的（此处为了简洁，我只摘录几个节点）：1993 年，HT—7 低温系统建成并投产运行；2000 年 EAST 磁体低温测试平台建成；2005 年，EAST 低温制冷机建成，同时进行低温载荷测试等一系列科研项目；2008 年，EAST 低温分配阀设计建造完成并投入运行。

那天晚上，我真的失眠了，因为想了很多。

"偏滤器系统"是 EAST 装置上一个不可缺少的配置,要想了解这个名称有些古怪的配置,那就只有去见一个人。

　　一个叫姚达毛的人。他能解释清楚。

　　那天上午,我在姚达毛那间光线不是很充足的房间里,见到了这个一下子就会被记住的人。当时他正在接电话,摆手示意我坐下来。我坐在他的对面,观察他接电话时的神情。与人交谈前,看看他做其他事时的肢体动作还有神情,其实是最好的一种采访方式。因为接下来,你会知道该跟他说什么。

　　姚达毛穿着一件带黑条的灰色 T 恤,个子不高,眼睛不大,鼻子直挺。他头发有些稀疏,带着一点微卷。他把 T 恤束在裤子里,显然这样的穿法是一种传统的习惯。

　　姚达毛与电话那边的人说着事,脸上带着微笑。他放下话筒后,向我说抱歉,然后谦和地问我想要了解什么。我说明来意,他开始和我聊起来。他像所有从事自然科学研究的知识分子一样，说话严谨，并且看着我的眼睛，只要我出现迷惑不解的神情，哪怕只有一瞬间，也会被他捕捉住，他就会再说一遍，或是用画图来解释。

看得出来，姚达毛善解人意。他大概也是一个温和的人，可能很少发脾气。或许，他也有发起脾气把人吓到的时候。

我想慢慢进入姚达毛的世界，所以我让他从头说起。其实我在见他之前，已经把他"底细"摸清。

他是安徽人，1963 年出生。现在是等离子体所的研究员、博士生导师。1987 年从合肥工业大学毕业，2006 年在等离子体所获得博士学位。他主要负责 EAST 的偏滤器工程研究、磁约束核聚变能研究等。其实，他大部分时间都在国外工作，90年代中期，在意大利国家核物理研究院做过 2 年的访问学者，2008 年到 2012 年又在 ITER 工作，所以在采访姚达毛之前我就想好了，除了让他介绍 EAST 的相关情况，还要请他介绍一些国外情况。这些科技人员工作非常忙，要想在最短时间内"抓"到最有用的材料，必须提前做好功课，这样才能有的放矢。

姚达毛尊重我的建议，他真的从头说起。

他最初也是参加 HT—7 项目的科研人员，他说把 T—7 改造成 HT—7，最主要的一项工作就是线圈的改造，苏联原来的T—7 是 48 饼线圈，到了中国后，为了实验的需要，我们要把它改造成 24 饼线圈，难度极大，几乎就是"破膛开肚"进行重造。

正是参与了这个装置的改造，使得姚达毛对超导托卡马克有了更深入的了解，这等于给他上了鲜活而又生动的一课，这样的感受对于所有参与 HT—7 改造、试验的"参战人员"来说，无疑是一笔巨大的财富。一个科研人员没有参加过一场重大科学试验，犹如一个将军没有打过仗，纸上谈兵没有用，必须真刀真枪干过，才能拥有真正的科学感悟。

姚达毛比较特殊的一点是，HT—7 项目完成之后，他就离开了等离子体所，去了意大利，研究正负电子对撞机去了，这一走，就是两年。最"有趣"的是，他从意大利回来没有几年，又赶上了 EAST 工程。等离子体所最主要的两个历史机遇，姚达毛全都赶上了，也都抓住了。

您在 EAST 工程中做哪个项目？我问他。

真空室。姚达毛说。

见我目光迷茫，知道我没明白，接着解释道，真空室是等离子体的"家"，虽然面积不大，但难度极高。

我更疑惑了，您不是做偏滤器吗，怎么又做真空室？

姚达毛说，早先做真空室，后来才做偏滤器。

我恍然大悟。

在过去很长一段时间，偏滤器不仅是我国科研难题之一，也是世界性的大难题。在 EAST 研制期间，我国偏滤器领域还是一片空白，没有任何资料，也没有这方面的专业人才，同时也没有可以参考借鉴的外国资料。中国的科研人员就是一点一点摸索前进的。可是国外的情况呢？在我们研制偏滤器之前，国外已经积累了几十年的研究经验。由于 EAST 装置必须要有偏滤器，这就要求"一张白纸"的我们，从一开始起步，就要站在世界高度，就要与其他发达国家并肩齐行。这样想来，确是一场巨大的挑战。

姚达毛从我国第一代偏滤器研制时就开始参与，那时候偏滤器所用的材料还是石墨材料，现在已经改用更高级的钨材质，钨材质的各种性能以及稳定性都要比石墨好上一大截。

偏滤器的重要性在哪儿呢？这么说吧，如果没有钨材质的偏滤器，EAST 不可能放电到一百秒。因为钨材质的特点，它能够"消解"掉热能，能够承受巨大的热能从它身上流过。

如今等离子体所的偏滤器研究，已经走在世界前列，同时还有一点必须要阐明的，中国的自主知识产权的程度也得到了很大提高。我们设想一下，假如没有 EAST 的研制，恐怕偏滤器、特别是钨材质的偏滤器研究，还要继续等待发展的契机。

姚达毛说，偏滤器费用极高，一套钨材料偏滤器的制造成本在 7000 万元左右。正是由于费用很高，所有参加人员都是小心翼翼去研制的，因为一旦失败或是中间出问题，巨额资金将会白白浪费，这是谁都不想看到的。

姚达毛说这话时，脸上的表情是凝重的。这是一种责任感，一种知识分子与生俱来的责任感。

为了更好地让我这个物理学的"局外人"明白道理，姚达毛又开始画图了，他给我画出了偏滤器的图纸。这也让我犹如在 EAST 内部做了一次畅快的"旅行"。

偏滤器的截面特别像人的耳朵，里面结构也是颇为复杂。整个偏滤器系由多个部件组成，有完全对称的偏滤器靶板，内置和外置的两套低温冷凝泵抽气系统。这套系统要保持真空室的实验温度，要附着在真空室的内壁之间，分别通过真空室上下垂直窗口对偏滤器抽气。总而言之，要给物理实验研究提供很大的灵活性，要承担大量中性粒子和杂质的冲击，一旦出错，整个装置有可能报废。

姚达毛继续用通俗易懂的语言向我解释，偏滤器表层的钨块要起到屏蔽作用，它承担着排出热量、挡住粒子的冲击、承受电磁力等多种功能。除了偏滤器还有第一壁，EAST 的第一壁是钼瓦。他又提到，ITER 的第一壁使用的是一种剧毒材料——铍，它虽然毒性很强，但有很好的阻挡作用。所以要把铍像我们常见的马赛克一样，贴在铜热沉的外层。

姚达毛见我轻轻点下头，这才停止解释。这是一个较真的人，不把一个外行人说明白誓不罢休。这确是让人赞叹，从这个细节里，也能体现出来他严谨认真的个性。

办公室里有些凉，有些暗，姚达毛似乎没有感觉。我当然不想"放过"他，还希望他多讲一讲国外的事，这也好让我为写书提前储备资料。

于是，他又不厌其烦地跟我讲起来……

我们因为年龄接近，交谈非常融洽。我不忍心打扰他的工作，准备告辞。他送我出来，我问他平日里喜欢做什么？

姚达毛望着热辣辣的太阳，他说最喜欢走路，一个人走路，他的许多想法都是一个人走路"走"出来的。

姚达毛像是自语又像是说给我听，他说一个想法，只有时刻想，每分钟都在想，才能把它想出来。

我似乎不能理解他们，一个随时都在想工作的人，那他会在什么时候想自己的事呢？

EAST 的成功，饱含着全体参与者的智慧与汗水，我知道不可能把全部参与者的故事都讲出来，也不可能把所有部门统统介绍一遍，其实只从几个部门、几个人的身上就能看出来，一个事情的成功有着多方面的原因。有人统计过，一个奥运冠军的诞生，必须同时满足一百多种条件，但无论涉及多少外界条件，其中最主要一点就是冠军本人一定要努力争取。没有主体的努力，无论外界怎样变化，也不会促成事情的成功。

从"人"的角度来分析，就是"参战"的二百多人凝聚成了一股力量，惊奇地变成了一个人。深入分析 EAST 的成功，除了每个人都把自己变成一颗螺丝钉、坚决服从大局之外，其实还有着深邃的文化因素。

研究院综合处处长程艳带领陈套等人，写过一篇文章，详细分析了 EAST 大科学工程团队所具有的文化特征。这是一次令人耳目一新的探讨。我看过探讨技术层面的文章，但是从文化上进行深入总结，还真不多见。这也能看出来，一个善于总结问题、总结文化特质、总结成功经验的团队，才是一个永远前行的团队。等离子体所不简单！

这篇文章重点阐述一个问题：一个创造创新奇迹的团队，一定有与之相适应的创新文化。看一看吧，1998 年获得国家立项；2006 年完成工程联调并转入物理实验；2007 年通过国家验收。在不到 10 年的时间里，在国内超导工业基础薄弱、缺乏相关技术储备、没有任何经验借鉴的不利条件下，用国际上同类装置最少的经费、最快的速度，自行设计、研制了世界上第一台全超导非圆截面托卡马克装置，还攻克了一系列世界级的大难题，更加令人振奋的是，还带出了一支能打硬仗的科学团队。

这还不被称为奇迹的话，还有什么可以称为奇迹的？

程艳等人的文章从 8 个方面，分析总结了 EAST 团队的文化特征：社会价值定位与工程目标高度统一；敢于创新、争取一流；立足现实、自力更生；上下一心、甘于牺牲奉献；在便捷畅通的信息交流条件下团结协作；充满信任、鼓励，民主与和谐的工作氛围；个性舒张的工作环境和细致严谨的工作作风相互统一；广迎四海的开放精神。

这 8 个方面几乎囊括了 EAST 团队成功的根本所在。其实，在这些总结的背后，这个团队有着整套异常细致的工作方案。比如在当时，万元熙就在 EAST 团队中实行绩效考核，这比后来普遍施行的绩效考核早了十多年。考核内容极为详细，每一道程序、每一个环节，哪怕极小环节，也要有负责人和具体工作的人签字，哪个环节出了问题，第一时间立刻核查到人。也正是这样严谨细致的工作细节，才能衍生出独特的义化特征。

我跟万元熙院士再次见面时，把心中的想法以及程艳等人总结的文化特征讲给他听，他完全赞成。这也正是申请国家奖励时，他极力主张申报集体奖的原因所在。

还有一个问题，我在万元熙这里也得到了正确解答。那就是为什么EAST被称为"人造太阳"？

原来当时EAST验收合格后，等离子体所召开了隆重的新闻发布会，安徽当地所有新闻媒体、中央各大媒体云集科学岛。说EAST，读者会不明就里，说"东方超环"，好像也有些生僻。为了给记者们更好解释"东方超环"的具体含义，也为了新闻媒体报道方便，万元熙想了半天，跟记者们打了一个比喻，说这个装置就是按照太阳原理进行试验的，所以从某种意义上来讲，这个科学装置应该称为"人造太阳"比较形象，于是第二天所有媒体都打出了这样的标题，中国造出了"人造太阳"。

万院士给我讲完"内幕"，笑着说，记者们总是喜欢用令人惊讶的标题，这样能够吸引人。

也就是从那时开始，人们习惯叫EAST为"小太阳"了。

等离子体所依旧保留着万元熙的办公室，他至今还是等离子体所的研究员，还在做着贡献。

六楼的办公室，窗外就是一览无余的小岛风光。远处的水、远处的林，营造出一种悠远的情境。那会儿，我特别想听一听万元熙院士还想再说一点什么。

万元熙是一位非常接地气但又具有世界眼光的科学家，不管什么事情，他都是走在前列的。EAST 的成功，从某方面来讲，也是他敢于创新、敢于走在时代前列的体现。

举几个生活中的小例子吧。

比如那时候银行刚刚推出磁卡，他立即把所里工资本换成磁卡；比如社会上刚开始有了私家车，他立刻贷款买了岛上第一辆私家车。从这些小事上就能看出来，他不是一个保守的人，他是一个时刻要尝试新鲜事物的人。也正是这样的性格，才能带领一支二百多人的队伍走向成功。

万元熙还是一个具备亲和力的领导者，我接触过的所有人，谈到万元熙时，几乎异口同声使用了"亲和力"这个词。但是万元熙的亲和力，并非只是亲和，他还有着独特的威严，只不过他的威严含在亲和力里面，当你面对他的微笑时，你就必须按照他的命令去做，你就必须不顾一切地去做，这样的亲和力难道不包含一种威严吗？

这个总是喜欢出"后手牌"的人，永远保持着旺盛精力，始终按照自己的理念，带领一支精干队伍排除一切困难，最终打出了一片天地，培养了一支敢打胜仗的队伍。即使他曾经受到过挫折——他带领队伍研究了两年、已经立项的铜材料托卡马克，面对 T—7 的来到，只能把两年的血和汗仔细擦干净——

但绝不轻言放弃，他还要重新证明，还要用更高的标准去做，这点并非所有人都能做到。单凭这一点，就能看出来，他的亲和力下面，其实有着波涛汹涌般的气势，有着永不服输的精神。

万元熙似乎已经忘记过去，他更愿意说起国际、说起未来。显然，这是一个总是向远方眺望的人，总是关注未来的人。

他告诉我，正是因为我们国家核聚变技术进步神速，特别是加入了ITER这一国际组织，才在这个领域有了足够的话语权。过去我们参加世界聚变大会，没有发言权，没有成果展示权，顶多把研究成果做成一个展板，放在通往会场的通道边上，即使做得非常好看，也没人瞅一眼，中国学者到了国外，拿着低廉的食品补助，每天25美元的补贴，整天在实验室"当牛做马"。万元熙后来跟美国人说，你们不能这样了，也不可能这样了，我们去的是学者，不是实习生，你们那样做，对吗？

万元熙感慨地说，当年美国人那样对我们，就是因为我们没有研究成果，他们不重视你。现在不同了，我们不仅在世界聚变大会上做重要报告，甚至美国同行还会"央求"我们给他们做报告，证明核聚变的重要性，这样的话美国国会就不会把核聚变项目"砍掉"，也就是说，中国科学家的话，越来越有分量了。

如今，中国自己的"堆"马上就要上马了，土地批下来了，项目款项也有了来源，可以说"旧貌换新颜"了。但不管怎样，万元熙想说的是，我们必须要有定力，要稳得住，要一步一个脚印地走科学之路。现在我们在 ITER 这个组织做得好，然后再做自己的"堆"，这个过程就是沉稳脚步走出来的。而且这样的规划，已经得到了验证，这是正确的。

他还说，我们不是要通过做装置，多拿几个院士，多发几篇论文，多拿工资，这些都不重要，重要的是通过聚变研究，带动中国其他行业的发展，不能让中国这样一个大国在核聚变这样的重要领域缺席。中国要有对世界能源开发的大国担当，要对人类发展有帮助。

万元熙是一个开明的人，同时也是一个严厉的人，尤其是对年轻人。他说现在年轻人，喜欢歌星、影星，那也没啥，要是做得好，也不能说他错了。但只要当了科学家，从事科研，那就要一心扑在工作上，绝对不能三心二意，要用一生的力量去做这件事。要么不要干，干了就要干到底！

在这 9 月里，我听到了一个科学家质朴但又崇高的言语。也正是有了万元熙这样的科学家，我们的核聚变研究才能在很短的时间里走到世界的前沿，也才能为世界未来能源寻找到"中国方式"以及"中国办法"。

第三章　并跑·HT—7

Chapter Three

一

在等离子体所核聚变研究的 40 年历史中，假如说 EAST 是高耸的大厦，那么 HT—7 就是坚实的地基。正是由于 HT—7 的到来，等离子体所从遥望领跑者的无奈窘境，突然实现"弯道超车"，一下子拥有了"追跑"的姿态和胆量，随后没有耽误时间，抓住了这个难得的历史机遇，快马加鞭，以不可想象的时速，拥有了"并跑"的欣喜。仔细回想这一路走来的艰辛，实在令人感慨、激动。

肯定有细心人要问，为什么说是"突然实现'弯道超车'"呢？

这是一段难忘的历史，也是一段需要慢慢讲述的历史，让我们慢慢回忆吧，将历史的镜头慢慢聚焦，回到 20 世纪 80 年代末、90 年代初，看一看那个时候的等离子体所，还有 T—7 改造成 HT—7 的惊心动魄过程。

只有看过大海波涛汹涌时的险境，才能理解大海风平浪静时的从容。

二

20世纪90年代初，苏联解体。在这样的历史背景下，一封来自苏联库尔恰托夫研究所的信"飞"到了中国科学院，随后又"飞"到了坐落在合肥的等离子体所。写信人叫卡多姆采夫，一个身材微胖的男人，他是苏联时期的科学院院士，也是库尔恰托夫研究所的所长。这封"飞"来之信内容很简单，他们想把闲置下来的一个托卡马克装置"赠送"给中国。

国家之间赠送科学装置是有先例的，也就是一国把闲置的科学装置"送"给其他国家，以示友好，同时也是"废旧利用"。科学无国界，科学装置同样如此。

但是这次苏联的"赠送"，是有原因的。

苏联1979年建造的T—7托卡马克装置，是世界上第一个超导托卡马克装置，T—7建成后不久，苏联又建造了更大的T—15装置，曾经举世瞩目的T—7，仅仅工作了5年就不再工作，而到了1985年基本上已经不再进行实验了，彻底成了孤苦伶仃的"弃儿"。

虽然 T—7 被扔在遥远的西伯利亚成为可怜的"弃儿",但对中国来说,它却是漂亮的"公主"。那时候的我们还没有超导托卡马克装置。"超导"对于中国来说还是比较遥远的梦,我们也还没有能力自己建造超导托卡马克装置,关键是我们还没有这样去想。

当时我国的受控核聚变研究还在起步阶段,可以这样讲,一切都还在瓦砾之上。

卡多姆采夫的来信,最后"落"在了时任等离子体所所长霍裕平的办公桌上。这时的等离子体所是怎样一个科研现状呢?彼时,一个比较大的托卡马克装置早已立项,并且已经完成了图纸设计,马上就要建造了,但不是超导,依旧还是过去的铜质材料。这时该怎么办?霍裕平提出了自己的主张,停止建造所里的非超导托卡马克装置,全力引进苏联的 T—7。

这个想法一提出来,立即在等离子体所引发了一场"大地震",其中带领相关人员已经进行了两年艰苦工作的时任副所长万元熙,望着桌子上小山一样的图纸,想到两年的心血马上要付之东流,想到自己的团队白白浪费了两年的光阴,这个温和、友善的人,再也不能控制自己的情绪。怎么能这样,两年的心血,马上就要建造成功的装置,就这样被一个来自外国的装置打败?难道中国受控核聚变研究之路必须依靠外国人不用的装置来完成?

除了来自万元熙等科研人员的反对以外，还有来自中国科学院乃至社会上很多人的反对。

在更早之前，当陈春先、霍裕平等人提出中国要搞受控核聚变研究的时候，就有反对声音，现在仍然有。有人认为受控核聚变能源要真正实现民用，几乎是一件不可能的事，受控核聚变研究不仅需要巨大的资金支持，完全作为民用的设施，成本也会十分高昂，与其花那么多钱去做这件遥不可及的事，还不如从其他方面想办法。中国科学院曾经有四十多位院士集体反对中国参加 ITER，认为在国家经济建设到处都需要资金的情况下大张旗鼓搞受控核聚变研究，完全不符合国情。

霍裕平提出接受苏联的 T—7 "赠送"，不仅有来自科学家以及其他科技人员的反对，就连所里的普通职工也反对。一个特别重要的原因是，苏联人所说的 "赠送" 并非白给我们，他们提出一个想法，希望我们也 "赠送" 他们一些东西，算作 "礼尚往来"。那时候等离子体所的账簿上，"趴着" 八百多万元的资金，在整个岛上，等离子体所是属于 "富裕" 的所，其他所都特别羡慕等离子体所，而一旦去 "交换" T—7，等离子体所极有可能变得贫穷。为什么要冒那么大的风险？

但是，性格桀骜的霍裕平下了决心，他把那双本来就很大的眼睛，一下子瞪得更大了。他在所有场合都说，我必须下这个决定，不管花怎样的代价，也要把 T—7 "拿下来"。不成功便成仁！

霍裕平找到时任中国科学院院长周光召，甚至还找到国家领导人请求支持。虽然这件事得到了来自上层的支持，但真正落实下来，还是要依靠等离子体所的人来完成，所以当时霍裕平承担着巨大的精神压力。

决定了，就要干，第一步要做的，首先要把"交换"的筹码压低下来，越低越好。

这时候，一个非常重要的当事人浮出水面，这个人叫黄贵。

要想知道当时"交换"T—7的过程、拿什么交换……这个叫黄贵的人，必须要找到。我在听霍裕平讲座的时候，发现他在回忆过去 T—7 的"交换"过程时，也特别提到了黄贵。

黄贵何许人也？

三

在科学岛外不远的地方，有一片安静的居民小区，叫"科学家园"，这里面有几幢楼是合肥物质科学研究院的宿舍楼，住的是职工和家属，当然也包括等离子体所的干部职工。

这是一个幽静的小区，绿树成荫，安静闲适。我在一幢安静的楼上，见到了黄贵。他个子不高，身体有些瘦弱，走路缓慢，喜欢侧着头说话，语调也是不紧不慢。

我向他问好，问他高寿。他告诉我 76 岁。因为几年前做过小手术，一直没有恢复过来，所以气力大不如前了。

别看黄贵名气不大，但他身边的人可都是大名鼎鼎，陈春先、李吉士、霍裕平等，黄贵跟他们都共事过。我认定黄贵也一定是高学历的人，可是他微微摇头，淡然一笑，告诉我，自己只是个中专生。

我请黄贵讲一讲 T—7 变成 HT—7 的过程，也讲讲霍裕平，当然要是方便的话，也可以讲讲陈春先，那就更好了。我一直认为，书写一个集体的历史，应该尽可能把更多的人写进来，这样能对这个集体有更加开阔的了解面。只有足够地宽阔，才能看得更加清晰。单凭黄贵的资历，足以摄取更多的资料。

我请黄贵从"我"讲起、从最初的故事讲起，这样容易帮助老人回到过去的时光中。

秋季的阳光透过晃动的纱帘照射进来，让宽敞、洁净的客厅里的陈设变得影影绰绰，有些魂系梦绕的感觉。这样的氛围特别适合回忆，特别容易勾起老人对往事的回想。

黄贵是从中国科学院科学技术学校毕业的，当时是 20 世纪 60 年代初。毕业后，他准备考教师，于是开始进入紧张的复习功课阶段，转过年来，也就是 1962 年，中国科学院计划局缺人，黄贵就去了计划局。出生在北京顺义的他，还是农业户口，当时北京顺义还是郊区，不像现在已经是车水马龙的都市繁华地区了。

到了计划局，黄贵在器材基建处工作，做得也是风生水起、得心应手，转眼间干了 10 年。"文革"开始后，他去了湖北宜昌的"五七干校"，当时黄贵认定自己会在农村待一辈子了，哪里想到，只在"干校"待了一年，因中国科学院需要器材管理能手，于是一纸调令，他又回到了北京，在中国科学院物理研究所负责器材方面的采购，一下子又是 10 年。那时中国科学院物理研究所第一室的主任就是陈春先。第一室，就是搞核聚变研究的。

为什么又到了合肥？我问黄贵。

黄贵陷入沉思。

他想了想，继续说，记得已经是 1978 年了，全国科学大会召开，"科学的春天"来了，与春天勃发的气质相匹配的陈春先坐不住了，这个永远喜欢新鲜事物、永远对新事物具有浓厚兴趣的科学家，认为中国应该尽快把核聚变研究放到日程上来。他到处宣讲科学院应该搞核聚变研究，但他认为北京不适合，应该放在外地，于是他四处"游走"，经过艰苦的多方找寻，他选定了合肥，选定了董铺岛（后来改名为科学岛）上的安光所。

安光所的全称是安徽光学精密机械研究所。它成立很早，可以说是科学岛上的第一代"岛所"，资历很老，至今还有许多上年岁的人说起"安光所"这三个字时，脸上总会出现别样的神情。这种神情中包含着骄傲、感慨等极为复杂的情绪。

选定了地点后，陈春先开始紧锣密鼓干起来，第一件事就是招兵买马。他找了许多人，其中就有黄贵，让黄贵去合肥，跟他一起干。黄贵下决心去合肥，要走一条崭新的路。随后黄贵跟随陈春先离开北京。第一批来到合肥的，有十几个人，其中包括霍裕平。这批人算是等离子体所的元老。

但是陈春先只干了两年，就离开了董铺岛。

我问黄贵，陈春先为什么要走？

黄贵说，他做生意去了。

我大惑不解，做生意？

别看黄贵不事声张、慢声细语，却是一个分析能力很强的人。他说陈春先思想活跃，勇于创新，最适合搞科研。后来不搞科研，创办了中关村，还自己开公司，开了很多家，甚至开到了香港。但最后一个公司都没有留住，最后还得了严重的糖尿病，前几年去世了。

屋子里沉静下来。

黄贵已经陷入久远的回忆中，看得出来，这些回忆让他心情有些沉郁。我没有再问他，等他情绪慢慢平静。

窗外的亮光，在屋子里闪烁，倏尔消失、突然出现。黄贵穿着一件白色蓝条衬衣，光线在他的身上闪过，仿佛时间隧道在老人身上凸显。

过了一会儿，黄贵情绪平稳了，开始继续讲。

陈春先离开董铺岛后，霍裕平开始执掌等离子体所。

这时的黄贵负责筹建仓库，联络各种渠道，买入各种器材。那会儿买器材不是一件容易的事，需要各种人脉关系。虽然每年有"万人大会订货"这样的官方渠道，但是仅靠这样渠道，显然不足以支撑一个科研单位进行科研，还需要其他多种的渠道，需要一些人脉关系。"老器材"黄贵有这方面的人脉。

黄贵和一位叫严玉岭的同志相互配合，不仅在极短时间内建起了仓库，还把科研所需要的器材也采购进来了。就是说，科研前的准备工作已经做好了。粮草已经齐备，队伍已经集结，就等冲锋号响了。

这时候，所领导找到黄贵，想要提拔他当科长，但是黄贵觉得严玉岭年长，还是应该先让严玉岭担任。

我问黄贵，这时的所领导是霍裕平吗？

黄贵说，已经是了。

后来黄贵还是走上了领导岗位，先是器材处的副处长，再后来又当上处长。

我特别想知道，霍裕平当所长时，对他这个老同事是什么态度。

黄贵笑起来，说，我们俩还差点打起来。这家伙！

原来当时改革开放，全国人民都经商，黄贵摩拳擦掌要办公司，正好所里有"三产"（第三产业），一些所里职工子弟没有考上大学，在家待业，后勤处就以黄贵的名义办了一张营业执照，让他带领十几个待业青年做生意。黄贵做生意有经验，也想着给大家"挣点外快"，让生活过得好一点。这件事，黄贵没有告诉霍裕平，公司办了几个月，生意还不错，给大家发点奖金，改善生活。一片叫好声。

就在大家高兴时，霍裕平知道了，立刻把黄贵叫去，没鼻子没脸地批评他，黄贵你怎么三心二意呀，搞什么公司，你给我做好器材供应，就是最好的生意，研究所做什么生意？研究所就要一心一意搞科研。

黄贵回忆说，霍裕平急了，真是急了，大眼珠子瞪得老大，声音喊翻天。

我觉得，正是霍裕平这一声喊，把大家的初心给喊回来了，科研院所就是应该搞科研，都去做生意了，谁去搞科研？还要研究所干什么？干脆叫"生意所"吧！

后来，黄贵把法人名字改成了其他人，让职工待业子女还有"三产"人员去做生意，该搞科研的继续做科研工作。最为关键的是，黄贵之前分到的因做生意得来的那笔钱，都退还给所里。尽管他出的力大，拿的钱最少，但也悉数退回去。

我问黄贵，你恨霍裕平吗，他让退钱，还在全所大会上点名批评你。

黄贵微微晃着脑袋，笑道，不恨他，他做得对，否则哪有等离子体所的今天，说不定我们现在都没有退休工资了。

现在想起来，霍裕平是一个有先见之明的人。正像所里好多人讲的，不管赞成他的人，还是反对他的人，有一点共识，那就是，他是一个科学家。他是一个把心思放在科研上面的人。也正是他在全所大会上的喝令禁止，才把"全民经商"的风气，在等离子体所禁止下来。这是一次重要的"断喝"。

我觉得黄贵是一个非常可爱的老人，他的讲述没有大风大浪，但是仔细聆听，每句话、每件事里都蕴藏着独特的味道，都拥有历史的多重维度。

在梳理完了前面诸多历史谜团之后，真正的"大戏"才开始。

T—7 怎样来到中国？从"赠送"到"交换"，这里面有着怎样的故事？

显然这个问题才是黄贵讲述的"大戏"。这场"跨国易货"，黄贵是真正的亲历者、见证者。

最初，俄罗斯方面说是要把 T—7"赠送"给我们，后来在谈判中，又开始逐渐转移曾经确定好的话题，似乎要变成卖给我们。只要跟他们见面，不管什么场合，霍裕平总是不断纠正他们说法，总是在多种场合改变他们的语态。时刻提醒他们，这不是"买货卖货"，而是"赠送"。当时苏联刚解体，"穷得叮当响"的俄罗斯人，恨不得把"无偿赠送"改为"有偿赠送"。善良的中国人通情达理，也理解他们的处境。

经过中俄双方多轮艰难的交谈，最后确定下来，以"易货"方式进行交换。但是霍裕平表明中方态度，虽然是"易货"交换，但不能是"等价易货"。只是对俄罗斯同行的科研处境，给予一些友情帮助。

霍裕平对我方经办人说，要是按照"等价易货"来进行，T—7 价值太大，我们也换不起。最后制定的办法就是，象征性"赠送"给俄方一些物品，如生活物资和办公用品。

都包括什么呢？我极为好奇。

黄贵继续慢吞吞地讲述。

包括的物品太杂了，什么都有。皮大衣、羽绒服、皮夹克，还有暖水瓶、茶杯、茶碗，还有复印机、电视机、打印机。这些物品算下来，也有三四百万元。要知道，20 世纪 80 年代初"万元户"都是令人羡慕的，那时候的三四百万元绝对是一笔巨款。

但是现在回想，用三四百万换取一套托卡马克装置，这绝对是一笔划算的买卖。

经过中国科学院的同意，这次"易货"除了向银行贷款之外，几乎把等离子体所的家底都搭进去了，甚至还向安光所借钱发工资。"物品换 T—7"这件事也成为所有等离子体所人的共同记忆，包括经历过这件事的人，也包括没有经历这件事的后来者。

这么多年过去了。如今还有多少人记得当年的这次交换，霍裕平的身上有多大压力？这是一份重大责任了，华山一条路，绝对不能失败，必须成功。否则不仅霍裕平身败名裂，等离子体所也将万劫不复。多少年以后霍裕平回岛上做科学讲座，还会回忆起来这件事，他甚至说这件事要是出了问题，他都有可能蹲监狱去！可见他对这件事也是"记忆犹新"，有着多么深刻的印象。

交换过程跌宕起伏，颇具戏剧性。

黄贵告诉我，交换方案确定后，俄方开始列单子，把他们需要的东西，详细列好，然后他们来人，中方带着他们开始选货。

我问黄贵，去哪里选货？

黄贵笑道，从合肥商场选货。

我不解，从商场怎么选？

黄贵说，从这一点上，就能看出霍裕平的高明，他跟俄方商定的原则是，所有"给"俄方的商品，完全按照中国商场标准执行。这一点非常重要，为后面的"交换"奠定了非常重要的基础。

我还是不解，这怎么重要了呢？

黄贵矜持地笑道，你听我慢慢讲。

像是一部悬疑剧，越到后面越显示出前面的"英明决定"，看出来等离子体所方面决定的重要性。

俄方按照合肥市场上的标准选好商品后，我方开始"照方抓药"。要知道，就算"药方"有了，"抓药"也不易办。那么多的商品，大约有四车皮的货物，仅靠在合肥市面上购买，显然不成。比如电视机，当时在市面上还是紧俏物品，购买是需要凭条的。怎么办？霍裕平给陈春先打电话，通过他的公司，在香港市场采购，一来帮助陈春先公司的运转，二来也解决所里所面临的困难。这其中，还包括把人民币换成美元或港元的步骤，其中的难度也是现在难以想象的。在这件事上，陈春先立有功劳。他不仅提供了货物，而且还是低价，间接地为等离子体所做了贡献。

再说，经过黄贵等人的艰难努力，俄方需要的物品全部准备妥当，开始运往俄罗斯库尔恰托夫研究所。此时俄方又提出来，需要中方去人，俄方验货后，中方人员需要签字。霍裕平果断决定，派黄贵带着一名翻译前往。那年春节刚过，黄贵和翻译就动身前往俄罗斯，旨在要把这件事办妥、办好。

库尔恰托夫研究所位于远东地区，正是冬季，天气寒冷，黄贵和翻译来到这里后，除了协助俄方接货、运货，还要陪同研究所人员验货,最后双方才能签字通过,接下来俄方才开始把 T—7 运过来。

验货很快遇到了麻烦。库尔恰托夫研究所所长派来 4 名女性,其中两个大妈,两个少女。她们验货非常细致,用一根小木棍敲击茶碗,倾听声音是否清脆;暖水瓶不仅要看是否保温,还要看外面的花色是否好看;皮夹克不仅要看柔软度,还要看拉链是否漂亮。

几天下来,"不合格"的产品堆积如山。已经待了两个多月的黄贵急了,照这样下去,麻烦大了,要把这些"不合格"产品运回国内,再重新挑选"合格"物品运过来,时间真是耽误不起呀,要知道等离子体所是倾家荡产来做这样一笔买卖的,哪有如此漫长的时间耽搁?所里人员工资都是借来的,哪有时间在这里陪你们如此精挑细选呀!

黄贵拽上翻译,直接找到库尔恰托夫研究所的所长,据理力争,首先明确之前制定的规则,这批货不是出口产品,是中国的市场产品,只要没有质量问题,没有破损,就是合格产品。合同在那摆着,俄方也是理亏,同意中方观点,接下来就把那 4 个严苛的验货人员撤回去,换了验货员。俄方按照原来定好的规则进行验货,货物很快就通过了验收。最后只有极少部分破损的产品退回,少得可以忽略不计。

说到这里,黄贵长舒了一口气。

我能感觉出来,曾经的"硝烟"似乎还没有从老人记忆里彻底消散，依旧还在他的脑海里弥漫。因为他的这份认真、仔细，还有丰富的临场经验，即使他退休了，当时负责等离子体所工作的万元熙还是把他返聘，担任所里的副总经济师，依旧负责器材选购工作。可见老人是有一套绝招的。

再接着说那场错综复杂的"易货交易"，按照双方的协议，我方把生活物品运过去之后，俄方开始运 T—7 了。之后，陆续运过来 45 个车皮的材料，前后花费半年多的时间。

很快又遇到问题了，海关把 T—7 认定为进口产品，需要报税。这哪儿成呀？等离子体所已经接近"倾家荡产"，所有的宝都压在这堆零件上，已经借钱发工资，再要是上税的话，那就完全坍塌了，还搞什么科研？

霍裕平出马了，他直接找到中国科学院院长周光召，坦陈此事利害。周光召知晓这件事的来龙去脉后，很快向海关说明这不是进口机器，而是接受"赠予"的旧科研设备，是用来进行科学研究的。

终于，T—7 被海关定为免税产品，可免税通过。就这样，来一批设备，上报免税，然后审批、通过一批。

在那段时间里，黄贵三天两头跑海关，他笑称自己都成了报关员。经过半年多的时间，终于把一堆零件运到了等离子体所，在这之前，所里经过日夜奋战，也把 T—7 的"家"建设好了。

黄贵笑说，好事多磨。建"家"这件事，就费了不少力气。

原来在给 T—7 建"家"时，合肥正好遇上十多年没有过的大暴雨，连续下了几天。岛上某些路段积水，而 T—7 的"家"附近，正好地势低洼，原来已经挖好的深达十多米的基坑，瞬间变成了大水塘。工期那么紧张，不能设备来了，进不了"家"，岂不又要耽误时间，"借钱发工资"的等离子体所等不及呀！基建工人们连夜抽水，又把基坑周边加高，阻挡大水漫灌，经过昼夜大干，终于在设备到来之后，把"家"也整理好了。那段日子，所有参战人员始终在高度紧张中度过。

为了给 T—7 建好"家"，所里还专门成立了一个基建办公室。这个办公室非常有趣。一个叫赵共和的人担任组长，带着两个职工，后来所里又给他们派来一个怀孕的女同志。就是这样的一个战斗团队，带领着基建工人，冒着冬季风雪严寒，不分昼夜地工作，绘制平面、立体、剖面工艺图，还要进行各种概算和材料预算，那年他们一直干到大年三十晚上 8 点多钟才回家，随后大年初五又开始接着干。其中基建组的人 5 次进京，向中国科学院领导汇报基建情况，因为没有一个很好的"家"，即使再先进的科学装置，也不能进行科学实验。等离子体所的基建情况，中国科学院领导也是非常重视的。基建得到中国科学院审批同意后，还要经过合肥有关部门审批才能施工。光是施工审批手续，基建办的人就跑了三十多趟才办成，从申报到领取施工许可证，一般情况下要半年时间，但是基建办的人，硬是用了两个月就全部完成了。

当满载着 T—7 设备的第一趟列车驶来的时候，一个面积

1320 平方米、高 13 米的低温车间，也就是 T—7 的"家"，已经在急不可待地等候着"主人"了。

不要以为有了"家"、有了设备，就可以大干了。早着哩！距离实验装置开始工作还有着不小的路，还有着大把的事情要安排。

比如俄方专家要来，他们要帮助安装、调试，要设备具备放电能力，这场不可思议的"易货"交易才算正式完成。那时候岛上条件有限，俄方专家来了，起码要有符合标准的住宿条件。让他们住到合肥市内，一来成本增加，二来工作起来也实在不方便，于是又在岛上给俄方专家盖起了"标准房间"，也就是外宾招待所。这所有的一切全都是同时开展的。那段日子等离子体所有多紧张都无法形容。

回忆过去的那段时光，黄贵似乎有说不完的话，除了说他自己的感受，更多地是说别人的辛劳。是呀，怎么能说完呢？俄方人员光是测试低温设备，就用了一年多的时间，何况还要达到放电标准呢？

在那段艰难而又幸福的时间里，全所上下都在努力着、工作着、期盼着，等待着能够试验成功的那一天，等待着激动人心时刻的到来。必须承认的是，只要不成功放电，前面所有的努力都会化为乌有，严重地说，等离子体所就有可能从此"消失"。

那段时光，带给等离子体所深刻的记忆。回忆总要停歇。黄贵有些累了，我向他告辞。

腿脚不便的黄贵坚持送我下楼。我劝他不用，可是黄贵还是坚持，只能顺他意愿。

当我走出很远了，还看见老人站在楼栋门口，向我慢慢地挥手。

那一刻，我忽然鼻子一酸，感觉眼前模糊了。

四

说起 HT—7 的成功，绕不过去的重要人物，当然是霍裕平。

这是一个无论是与他有过密切接触的人，还是与他有过一面之缘的人都有着许多话要说的人物。是什么原因，让人对他有如此深刻印象？我记得西方有句谚语："没有缺点的人，优点也很少。"霍裕平就是一个优点与缺点分外鲜明的人物，也是优缺点并存、相互交叉的人物。

之前说过，霍裕平是一个喜欢打"先手牌"的人，他一生都在"抢攻"。等离子体所是个藏龙卧虎之地，也是众多个性鲜明人物诞生之地。非常有意思的是，等离子体所之所以安然度过 40 年时光，或者说始终在发展前进中，没有停顿下来，除了国家大政方针正确引导、中国科学院领导审时度势、全所职工齐心协力之外，其中还有一个关键因素，那就是每个时期的所领导"搭配"极好。

霍裕平当所长时，万元熙是副所长，两个人性格正好相补。

万元熙当所长时，李建刚当副所长，同样一个比较内向，另一个性格外向，又是性格互补的关系。接下来，李建刚当所长时，万宝年当副所长，两个人依旧延续过去前任们的搭配，性格互补，无论李建刚在外面说什么豪言壮语，尽管有时候万宝年不知道，但知道后绝不埋怨，肯定会在后面悄悄弥补，让李建刚的那些豪言壮语全都真切落实。

那么现在呢？现在依然保持住了这样的光荣传统。万宝年当所长，张晓东当书记，两个人还是性格互补的搭配。不爱说话的张晓东书记永远都是默默支持，做好一切科研保障。万宝年才得以充分地把想法落实在科学实验上。

可以说，正是从霍裕平那一代开始，性格互补、互相支持的领导班子，带领着等离子体所一路走来，奠定了等离子体所坚固的"人事地基"，强力构筑了科研的辉煌。

在霍裕平的一生中，大胆引进 T—7，是他集中而显赫的亮点。前面讲过，引进 T—7 的时候，要万元熙已经辛劳了两年的铜材料托卡马克"下马"，而且还要面对自己的搭档——仅比自己小两岁的同事的否定，这得需要多么大的气魄？

否定别人，是工作中最为棘手的一件事。作为一个局外人，我都不敢想象当时霍裕平下这个决定时在想什么。要知道，那时候还是 90 年代初期，还没有现在思想开放，还没有现在这样完善的科研制度，单凭这一点，就不能不佩服霍裕平的勇气。

那么，霍裕平的勇气来自哪里？毫无疑问，源于科学精神！

正是这种科学精神，可以让他冲破所有的人情世故，冲破所有的担心、畏缩还有自我保护的心理。他真的不管不顾了，难怪许多人说起霍裕平，总要加上两个字"霸道"。回味历史，必须承认，这种"霸道"是在尊重科学、尊重时局情况下的"霸道"，所以许多人在说完"霸道"之后，还要加上一句，"他是真正的科学家"。人们"恨"他、"怕"他，但又尊重他、服气他，这也就是时隔多年之后，他再来岛上讲座，还能有那么多人前去倾听的原因之一。

霍裕平是湖北黄冈人，1937年生，磁约束核聚变研究及理论物理学领域专家，1993年当选中国科学院院士。他22岁那年毕业于北京大学物理系。尽管他曾赴美国普林斯顿高等研究院工作，但他更多时间是在中国工作，先是在中国科学院物理研究所，随后便是等离子体所，其人生中最好的时光，都献给了等离子体所。在1981年到1995年，他任等离子体所的所长。这期间也正是中国改革开放最初的关键时期，也是奠定等离子体所前进方向的重要时段。他做了两项具体工作，一个是主持了我国第一个超导核聚变—裂变混合堆的建设，还有就是主持了HT—7的建设。也正是这两项具体的工作，使得中国的磁约束聚变研究，从"跟跑"的尴尬窘境，一下子变成了"并跑"，进入到了世界前沿领域，也为后来EAST的研究、建设，实现"领跑"，奠定了重要的基础。

我在采访时，曾经看过许多照片资料。其中有霍裕平过去的照片，从当时的服装、发型，还有目光，都能鲜明地感觉出霍裕平的独特。当所有人都是中山装、蓝便服的时候，他穿那种大翻领的法兰绒的外罩，或是非常好看的半大衣。从这些细节中就可以看出来，他不是一个守旧的人，他喜欢挑战，喜欢与众不同，喜欢新鲜事物。但是这种与众不同绝不是"装"出来的，而是深入他的骨髓、血液之中的。

霍裕平绝不是一个说好话的人，他喜欢"挑刺"，喜欢"找毛病"。

记得在听他讲座时，他已是 81 岁的老人，虽然因为意外摔伤而导致大脑受损，思维有些迟缓，但是"找毛病"和"挑刺"的习惯依旧如从前。他说，现在所里的情况，大有进步，但也有差距。要知道，在 40 年欢庆的状态下，他竟然这样讲，真是有些"不合时宜"，但也就是这样的"不合时宜"，也才体现了一个知识分子讲真话的勇气，才能看到问题所在。他还说，我们不要不敢说自己，不要总是跟着别人走，我就是一个喜欢"吵架"的人，我喜欢在国际上跟外国人"吵架"。

霍裕平的专业是搞物理理论的，他强调在理论上要有所创新，而且这种创新，不仅是在工程装备上，还要强调物理的实质，强调理论与实验相互结合，一个人、一个集体应该多做开拓性的工作。

已经老了，思维已经不再锐利的霍裕平，依旧是坚持着这样的理念，如此联系，他当年力主引进 T—7 的原因也就能够非常清晰了。

探讨霍裕平为什么当年力争引进 T—7，他心里到底在想什么，这也是一件很有意义的事，对于后来者，特别是对于年轻的学者，依旧会有很大的启发。

霍裕平曾经写过一篇文章，发表在国外的科技杂志上，题目叫《等离子体静态稳定性》，发表后，几乎没人看，世界聚变领域同行也没当回事。因为当时全球的情况是，所有从事物理理论研究的科学家，几乎都不做装置设计，甚至对此不屑一顾。这件事过去二十多年了，好像时间还要更久远一点，大概得有三十年了。霍裕平依旧牢记在心。

霍裕平有一个聪慧的大脑，也有着极好的科学机遇，他在美国的导师非常有名，在世界上也是数一数二的大科学家，在世界物理学界是一位被广泛认为可以拿诺贝尔物理学奖的大人物，导师当时就非常赞同弟子霍裕平的观点。后来，霍裕平来到等离子体所，终于有机会将自己的理论付诸实践。

"假如我们自己都不知我们要做什么，完全让别人给我们出主意，让别人指导我们做什么，那还要我们自己的研究所干什么？研究所、研究所，就要自己研究，就要自己拿主意！"霍裕平就是持着这样的科学理念，横下一条心，必须要把 T—7 抢过来，要让中国的聚变研究迈上一个台阶。

其实，这个高傲的性格倔强的老头，也有"服软"的时候，也有佩服别人的时候，他就曾经特别佩服当时的副所长，还特别佩服当时的研究所党委书记，那两个人霍裕平经常在大庭广众之下说起来，一个叫邱励俭，一个叫王绍虎。俄语说得相当地道的邱励俭，曾远赴俄罗斯谈判，为争取 T—7 来华，做出了很大的贡献。而对于王绍虎的评价，霍裕平则是赞叹为"高参"，出谋划策，做了很多幕后工作。霍裕平说，当时没有这两个人鼎力协助，T—7 也是很难来到中国的。

"学物理的人，就要对物理有信心，要有面对失败的信心，否则就不要学物理了。"霍裕平就是坚持这样看上去有些"极端"的理念，所以才能一鼓作气，终于把 T—7 "拿"了过来。最为关键的，不仅把主要设备"拿"过来，还把低温系统"拿"过来了，当时霍裕平坚持这样的观点，必须要低温系统，否则整个装置都不能要。现在回头再看，这又是一个正确的决定，因为当时我国低温系统技术几乎就是一穷二白，没有任何可以供我们参考的经验，假如没有这个低温系统，T—7 对于当时的我们来说，就是一堆没用的废铁。

引进 T—7 的阻力，还有很多、很多。按照我国科学实验的相关程序，大型研究项目通常是需要提前立项的，而"飞来的"T—7 属于没有立项的项目，但又需要上千万的相关费用。这似乎比黄贵四处"凑齐"皮夹克、羽绒服、茶碗、茶杯还要难上万倍。

于是，霍裕平又找到当时的中国科学院院长周光召，通过中国科学院担保，找银行去贷款，最后贷款了两百多万，虽然不能达到原来预估的费用，但也总算是"有米下锅"了。

但，依然面临着众多问题。首先，要把 T—7 进行改造。还不是简单改造，要进行深度改造，全方位的改造。因为 T—7 只有 12 个小窗口，无法开展真正意义上的物理实验。

怎么办？

五

为什么要把 T—7 改造成 HT—7？这里面有着很多科技的原因。

首先明白 H 的意义，它意味着"合肥"，是"合"字的拼音字头。另外从 T—7 到 HT—7，外观上最主要的改变，就是窗口的变化。原来的 12 个小窗口，太小，根本看不见里面的变化。

最初我不明白"窗口"的含义，在采访中我也明白了这个所谓的"窗口难题"。所谓从窗口看里面的试验，不是指人的肉眼观看，是指用仪器观测。窗口小、少，不能满足仪器的观测需求，要想开展真正意义上的等离子体物理实验，那就必须增加窗口的数目和尺度。这是必要的先决条件。

与此同时，还要对低温系统进行根本性的改造。经过研究、设计，研究人员决定要对 T—7 进行一场"大手术"，要改造出 34 个新的窗口、要把原来 48 个纵场线圈合并成 24 个，还要重新设计制作新的真空室、设计安装真空室内主动水冷内衬和新的垂直场系统，以及建成国内最大的低温液氦系统和大功率电源系统等，这样的改造，目的很简单，就是为了能够开展高功率的辅助加热和长脉冲运行实验，把话说到底吧，就是要把原本不具备物理实验功能的 T—7，改造成能够开展多种实验的先进装置。

要在当时世界上第三大超导托卡马克装置上改造如此之多的内容，在当时资金短缺、全国各行业科技大投入的情况下，等离子体所要面对的困难和经受的考验也就可想而知了。

我仔细研读过程艳和彭德建撰写的一份内部资料。这份资料翔实而严密，记录了 T—7 到 HT—7 的改造、实验过程，既有科学过程，又有人文精神；既有清晰的情节，又有感人的细节。

这篇文章首先分析引进 T—7 的风险。因为引进 T—7 后，必须要保证与俄方有三年的科学合作，才能把设备彻底改造成功，而当时俄罗斯国内动荡，世界局势也很不明朗，万一出现政治上的问题，科技合作极有可能会中断，等离子体所就会面临崩盘的可怕境遇。如今回想起来，万一当时稍微犹豫，没有敢冒风险的意识和决断，或是协议再晚签几个月，国际形势就会发生很大变化，在各种错综复杂的国际形势下，俄方就极有可能不会让我们"拿"到 T—7，真要是那样的话，后悔都不来及，中国也就不会拥有这个 20 世纪 90 年代以来规模最大的科技项目了，当然更加严重地预测，中国的核聚变研究也就不会拥有今天这样可喜的局面。如此说来，霍裕平最大的贡献就在于这一点。他在最为恰当准确的时间节点上，力排众议，果断引进这台设备。

现在想来，这件事的每个过程都是惊心动魄的。我们一遍遍说、一遍遍讲，回头想来，还是会有遗漏之处，而且哑摸遗漏之处，依然还是非常精彩之处。我想这可能就是 HT—7 永远魅力所在。

再说一说一些细节。

比如在黄贵前往俄罗斯"监督交换"之前，副所长邱励俭已经多次前往俄罗斯，最终与库尔恰托夫研究所签订了协议，这份协议关键之处在于，得到了双方政府的官方认可，也就是说不会轻易改变了。这要比仅是两个研究所层面所签的协议，不知道厚重、严谨多少。所以我想起霍裕平讲座时，曾经多次提到邱励俭，想来霍裕平在心里是认可、欣赏邱励俭的，否则也不会把这样重要的大事交到他的手上。

还有一位时任等离子体所的副所长，叫翁佩德。翁佩德作为这项工程的总工程师，专门成立了一个设计组，任组长的他奉命前往俄罗斯，任务是要与俄方专家共同进行概念设计，还要继续考察液氮、液氦的系统设备。

这也是之前没有讲到之处，所以这里也要补充进来，否则对不住这些做过贡献、后来变得"默默无闻"的人。

这项工程除了来自霍裕平的大胆设想、大胆决策之外，还有着许多人的共同努力、支撑，否则他的理想也不可能实现，也不会有现在的大好局面。带来成功的一定是集体之力，这是不可否认的。这是等离子体所的魅力所在。"集体"这两个字就是等离子体所的"标识"，就是等离子体所永远的旗帜。

如今，回想起三十年前那场惊心动魄的"HT—7大战"，真是有着说不完的话。每一段过程都是那样令人"揪心"，任何可能的遗漏都是"不可饶恕的错误"，因为看上去冰冷无比的那个"铁家伙"，里面蕴含着跟实验时温度一样的巨大热情。

改造T—7，几乎每一步都需要"大胆设想"，比如拆解。

几十车皮的大部件，需要"变整为零"运输，怎么拆解都是一个大学问，按照俄方要求的程序，需要半年时间才能拆解完毕，可是我们哪有这么长时间等待呀，一定要改变思路，最后只用两个半月就完成了拆解任务。俄方人员担心顺序混乱，回来无法安装，但是当他们来到中国后，看到安装完好如初，愣愣地站在装置前面，许久说不出话来，大概也就是从那时起，俄方人员对中国专家已经彻底服气了。中国的科技人员尊重科学、尊重科学规律，但又灵活，绝不僵化。从这方面来看，这也是推动我们国家科技水平大幅度飞跃的要素之一。

当然，主要的还是窗口问题，前面讲了，需要改造、必须改造。可是改造谈何容易呀。T—7结构奇特，由内到外共有5层，类似俄罗斯套娃一样相套而成，也就是说，只要增加一个开口，就要打通内外5层，就要改变原有的尺寸和位置，而这样的改变，又极有可能引起装置变形，那样的话，前功尽弃。

在前面一章介绍 EAST 装置时，曾经介绍过等离子体所的研制中心，这个中心真是不简单，曾经为美国某个科研装置研制过真空室，也为北京正负电子对撞机研制过电物理工程。这个技高人胆大的研制队伍，当年面对 T—7 的这个难题，开始研制异形截面波纹管，用这种管子来连接内外真空室，这项工艺风险极大，没人敢接，最后他们自己干。其中的过程不再赘述了，肯定艰难无比，但最后他们真的研制出来了，不仅外观比原来俄方的要好看，而且性能也远远超过俄方原来的设计。俄方专家看了，服气得不停地夸赞。

就是这个从俄罗斯人手里转换过来的大铁家伙，从来到中国的那一刻起，不断发生变化，俄罗斯人看着自己的"孩子"变成别人家的"孩子"，而且越长越"漂亮"，大概心里也是感慨万千吧。

改造 T—7 的过程，犹如两万五千里长征。一个高峰征服了，前面还有峻岭；一个沼泽地过去了，前面还有更大的险境。

如何焊接这个大问题又出现了。要在内真空室的室壁上加焊不锈钢衬套还有几十支冷却水管，给内真空室加以保护。

我在 EAST 实验控制大厅外面的空地上，仔细看过光荣退役后作展览用的 HT—7 装置，也听过有关人员面对 HT—7 装置给我细致地讲解。

不看不知道，看了真是吓一跳。那个室壁非常薄，要在如此之薄而且还是两种不同材质的材料上进行焊接，难度极大。

想一想焊接场面，都会让人揪心不已。

我曾经有过几年的工厂经历，也曾亲眼看过电焊工在薄如纸张的不锈钢钢板上进行操作的场面，怎么说呢，在旁边拿着遮光罩看着别人操作，心都会紧紧地揪成一团，大气不敢喘。因为操作者只要稍微紧张或是走神儿，薄薄的钢板上就会立刻出现一个窟窿。

在这支焊接队伍里，我突然看见了吴杰峰的名字，证明在HT—7时，现在的研制中心主任还是一名电焊工。霍裕平、万元熙等人，在说到等离子体所这两个大科学装置时，都有一个共同的观点，那就是通过这两个大科学装置的研究、建造，锻炼了一批骨干，有了一支过硬的科研队伍。吴杰峰、刘琼秋等诸多事例，就是最好的明证。

内真空室焊接完成了，还有其他焊接问题接踵而至。进行全方位的焊接这个问题更大、更严峻。要知道这些接头都是超导电接头，要有电阻和接触面积的特种要求，既然是特种要求，那就需要特种焊接设备。怎么办？

一个陌生的名字在诸多新闻资料中出现，他叫张勇。他自己动手配焊料、做工具，经过反复试验，终于掌握了超导电接头的低温焊接技术。张勇焊接后，俄方专家看着眼前那张稚嫩的面庞，实在不放心，当场拉开接头进行检查，竟然完全符合标准。

还有一位叫倪锡昌的电焊老师傅，用土法研制出"喇叭口"

管道焊接制作方法，他手下一个叫张怀军的青年焊工，一鼓作气焊接了六千多个液氦管道接头，攻克了被霍裕平称为"最硬骨头"的液氦管道难题。

焊接问题解决了。吊装问题又来了。

吊装也是一门大学问，千万不要以为"大吊车，真厉害，它轻轻地一抓就起来"，是呀，它是能够"轻轻地"抓起来，但还要"轻轻地放"。很多年以前，我曾经与一位吊装专家聊过天，他告诉我，大型机械，吊装前需要画图纸。我颇为不解，盖房子需要图纸，建造机械需要图纸，吊装一个部件，竟然还需要图纸？那位吊装专家说，吊装大型机械，需要平衡，需要平稳过渡，在吊装过程中，可能由于没有掌握好平衡，就会损坏吊装件。一旦损坏，后果不堪设想。

T—7 被改造成 HT—7 后，主机的性能完全改变了，要把这个巨大的五层"救生圈"，而且还是三十多吨重的装置，在不能出现任何损坏、变形、改变的情况下，一次完成吊装，并非一件小事，一旦出问题，前面所做的所有工作，全部毁于一旦……最后的情况，也就不用再说了，一次吊装成功。

国际评估小组对改造后的 HT—7 评价很高，认为它是一个设计合理的装置，并且还有精心构思的试验计划。而俄罗斯聚变专家，则认为 HT—7 是世界上最好的十个装置之一。

说到这里，我想我们应该好好地呼出一大口气，因为实在太紧张了，虽然没有机会亲身去经历，但就是听到这样的讲述，心都会紧张到窒息，何况当时现场那些参与者？

放眼世界，像 HT—7 这样的托卡马克装置，都是由研究所联系专门的大工厂进行研究、制造，但是在等离子体所，一个仅有一百多人的研制中心就承担了这个任务，成为世界上制造托卡马克装置的一个奇迹。

另一个奇迹是：等离子体所一个小小的低温小组，仅用了两年半的时间就改造好了低温系统。最后一个奇迹是：技术中心变电所才有十几个人，竟然设计安装了这项工程庞大的电源系统。

如今想起来，HT—7 就像一个阔大的舞台，在这个舞台上，导演不考虑你的资历、不考虑你的学历，只要你有想法、只要你的想法尊重科学，只要大家认可你的主意，你就可以上台表演。一大批年轻有为的科技人才、工程技术人才，就是在这个集体智慧搭建的舞台上，上演了一个又一个的科技奇迹。

奇迹是用心血创造的，是用精神磨砺的！

有人曾经算了一笔账，HT—7 主机改造三年半，研制中心超负荷运转了三年半，他们为主机改造投入十几万个工时，实行的是 5 天 44 个小时工作制，这些人几年间从来没有在星期六休息过，每周还有 4 个晚上加班，简单计算了一下，几年间竟然"拖欠"职工们公休日 4000 个。许多人家住小岛外面，晚上加班后，就干脆在办公室的桌椅上睡觉！

程艳曾经带领综合处的人，为 HT—7 工程情况算过一笔账，几年时间里，工程人员为超导线圈做了 5000 余个零件，弯、制了 1 万多件（次），缠、包了 90 多盘、计 10 千米长的绝缘布带，为各种管道、连接处，打压、捡漏了上万余次。

为什么等离子体所能在 20 世纪 90 年代初期便打造起来一支敢打硬仗的科技队伍？无论做什么，应该给人希望，应该给人成长空间。面对参与工程的一大批年轻人，仅凭空洞的理想教育、没有实质扶助的鼓舞，绝对不能"抓心"，不能"抓心"也就不能留人，必须要有切实可行的留人办法。于是，所里及时出台了一系列大胆启用年轻人、大力培养年轻人的重大举措，为一批 35 岁以下的优秀人才破格评聘了高级职称，大胆放手，让他们具体负责研究室的领导工作。这个举措非常重要、非常及时，留住了人、留住了心。这一大批年轻人科研能力强、科研成果突出，而且大多在国外工作过，眼界打得开，视野广阔。责权并重，及时稳定了队伍。队伍没有散，拧成了一股绳，敢于冲锋的魂魄成为一面猎猎招展的旗帜。

其中表现最突出的部门就是低温组。这个小组的成员当时都是 90 年代初期刚刚毕业的大学生和中专生，由于他们亲身参与设计、制作、安装，又有留人留心的政策助力，这个工程下来之后，心无旁骛的他们已经对工程了然在胸。随后，他们还自己编写操作规程，自己进行岗位培训，在科学岛内掀起了一股科技浪潮。

在这样的基础上，一边制造装置，一边进行科技开发，特别是低温技术大胆走向市场，成为 HT—7 最大的"额外收获"。1993 年，等离子体所召开了国内首次"磁共振成像低温保障技术研讨会"，随即在全国大中型城市建立起了业务关系，这些"额外"的工作，在一定程度上改善了职工们的生活，同时也稳定了科研队伍。局势豁然开朗。

这是一条充满新意之路。当然，任何新鲜事物总是伴随着争议。这是无法躲避的现实。

因为科学界对托卡马克装置以及核聚变的研究存在两大派之争，这种争执一直伴随着核聚变研究的发展。反对的一方坚持认为，这是一个烧钱的、看不到希望的、很难用于商业以及民用的方向。怎么能让因这项研究而带动起来的其他学科为社会服务，这确是一件应该认真思考的事。

等离子体所从开始就认定要把科研成果回报社会，所以他们在离子束生物育种、离子镀膜、刻蚀、等离子体炬等方面，充分地把高新技术应用于实际，并且取得了很不错的成绩。

回顾 HT—7 的成功，还要感谢很多人。

永远不要忘了那些曾经帮助过我们的国外同行。这完全体现了科学无国界的崇高精神。法国原子能委员会无偿赠送等离子体所 13 万千瓦飞流脉冲发电机组，可以用作 HT—7 的电源；世界实验室为 HT—7 提供了价值 100 万美元的计算机及数据采集系统；比利时皇家军事学院支援了离子回旋加热发电设备等；上百名俄罗斯专家轮流来所，从设计到安装都为我们提供了很大的帮助。

当然，国内方面那就更不用说了，也是帮助巨大。中国科学院不仅在经费上给予大力帮助，还邀请十多位国际知名的核聚变科学家，对 HT—7 装置以及研究计划进行评议，在海关总署支持下，满洲里海关、合肥海关等也都给予大力帮助，这些都是应该铭记的。

六

霍裕平主导了 HT—7 的引进、改装以及科学实验的成功。在装置试验进程中，他个人的性格、行事的作风也都彻底表现出来。其实，研究他的个性特点，也对科学研究有帮助，因为一个主导者的性格特点，也会影响着一个工程的特点，甚至直接影响科学实验的走向。

霍裕平一直提倡从事物理学研究的人，应该注重实验，这句话他不断讲，在任何场合都要讲，所以我们也要不断地说。

数字计算应该和实验结果相互结合。他特别反对科研人员只顾发表论文，而不注重实验。那么，他这样的理念来自哪里？霍裕平视野开阔，特别是对国外科学动态非常关注，但他骨子里有着中国传统思想的强烈烙印。对他的这种数字计算应该和物理实验相互结合的理念，进行深入分析可以发现，不就是中国"知行合一"思想的最好体现吗？

像前面讲的那样，霍裕平是一个优缺点极为鲜明的人。在科学研究上，他是一个"知行合一"的人，但是在与人相处中，却又似乎过于直来直去，于是造成了很多工作上的麻烦。但霍裕平不管不顾，依旧我行我素。在很多成熟的人看来，他就像一个任性的孩子。

比如万元熙参加工程院院士的评选，霍裕平公开提出自己的反对意见，这件事犹如晴天霹雳，不仅在等离子体所，在中科院也是十分轰动。那时候，许多人认为等离子体所可能会在未来一段时间里会滞不前。事实上，什么事都没有发生，一切工作照常进行，好像这件事从来没有发生过一样。两个当事人，无论是霍裕平，还是万元熙，依旧还如从前，该干什么干什么。后来万元熙还是评上中国工程院院士，因为成绩摆在那里。霍裕平提意见正常，万元熙后来评上也是正常。

这件事已经过去很多年了，早就不是什么秘密，谁都知道，但所有人都是在私下里说，没有人把这件事放在桌面上讲。是他们认为没必要讲，还是认为已经过去了，再讲没有意义？

作为一个局外人，我为什么还要说出来？我始终觉得，任何事我们都不能回避，既然事实存在，为什么还要躲避呢？躲避问题永远不是办法。我们现在回忆等离子体所 40 年走过的风雨历程，既然是回忆、既然是历史书写，那就应该全部回忆、全部书写，不应该有所取舍，这才是对待历史的唯物史观。

关于这件事，我一直想要找个机会问一下，我相信一定会有人回答我。因为这里是科学之地，从事科学的人一定会是光明磊落的。我期待着那个能够回答我的人早点出现。

霍裕平"伤害"过别人，也受过"伤害"。一个有关未来所长人选所发生的故事也是全岛知晓。

那年，等离子体所进行"百人计划"人才选举，按照以往经验，被选上也就意味着有可能成为未来等离子体所的所长人选。可是，给等离子体所的名额只有一个。当时有两个人选，在大家心里几乎毫无争议，一个是李建刚，一个是李定，后来又有一个人选出台，那个人名字暂且不说了，他是李定的师弟。形成了"三选一"的局面。

这里面还要说一说他们之间的关系。

李定和那位师弟均是霍裕平的研究生。当时所里的人们几乎认定，霍裕平肯定会选李定。

李定同样是一个充满魅力的人，我看过他的照片，英俊潇洒，有几分老师霍裕平年轻时的风采。

那天，评选会开始，会议室里除了评委，还有所里中层以上的领导，五十多人。在投票前还要阐述选择的理由，谁都没有想到，霍裕平没有选李定，而是选了李定的师弟，然后按照排位顺序，第二位选了李建刚，李定被霍裕平排在了最后位置。会场上炸了锅，个性同样桀骜的李定当场"翻脸"，评选会结束后，霍裕平对李定讲，一会儿你到我办公室，我跟你有话说。李定面对所有人的目光，看也不看自己的导师，大声说我没有时间，说完挥手而去，把霍裕平"晾"在会场上。那一刻，会场上鸦雀无声。

后来，等离子体所考虑所里的实际情况，向上级反映，希望把扶持资金分给两个人使用，因为两个人都是难得的人才。最后上级按照所里的意见执行。再后来，李建刚还是通过"百人计划"脱颖而出，逐渐成长为等离子体所的所长，再后来当选了中国工程院院士。

那时候谁都不明白，霍裕平为什么不选择大弟子李定？他选了，别人也不会有意见，李定的确非常优秀。但霍裕平有自己的考虑，后来他对人讲，李定适合搞科学，不适合当行政领导，而李定师弟特别适合，万元熙的学生李建刚也适合，唯独李定不适合。事后证明，李建刚当了所长后，确实干得不错，很有成绩。

后来李定离开等离子体所，去了中国科学技术大学；接着去了中国科学院监察审计局当局长；再后来离开中国科学院，又重新回到中国科学技术大学。这一次，等离子体所40年所庆，李定也来了。

我一直在想象，李定跟自己导师霍裕平见面后，会是怎样的情境？我同样相信，一定会有人告诉我他们见面后的场景，也一定会有人给我解释，他们为什么这样做。相信，一定会有人告诉我的。

这个人又会是谁？

七

　　HT—7 装置于 1994 年完成调试，1995 年正式投入运行。最初的预估费用，包括安装费用和配套设施等，HT—7 需要耗资两亿元。可是等离子体所仅仅花了不到预估投资的十分之一便建成了当时非常先进的大型超导脉冲核聚变研究系统。前面讲过，正是这个装置，让中国的核聚变研究与世界水平之间达到了"并跑"的水准。

　　HT—7 装置总共运行了 18 年，在这 18 年里，它进行了将近 20 轮的科学实验，总共放电十万多次。其中第一次由中国人独立操作试验放电时，特别邀请了 HT—7 的"娘家人"来观看，可是他们没来，究其原因，俄罗斯人似乎是没有把这件事放在眼里，后来听说放电时间竟然达到了一分钟以上，这些"娘家人"特别后悔，他们哪里想到中国人通过智慧和勤奋取得了如此成果。就是这次 2003 年 3 月 31 日超过一分钟的放电，让 HT—7 成为当时世界上第二个能产生分钟量级高温等离子体放电的托卡马克装置。

后来，等离子体所又对 HT—7 进行了多次改造，譬如高性能水冷第一壁结构和密度的反馈控制等。就是在不断改造提升的基础上，2008 年 3 月 21 日，HT—7 再次创下新的纪录，连续重复实现了长达 400 秒的放电，当时的电子温度达到了 1200 万摄氏度。这也是当时国际同类装置中放电时间最长的高温等离子体放电纪录。

HT—7 就像一个军人，以一丝不苟、严肃认真的态度"忠诚服役"，在 20 年的时间里，它原定的科学目标全部实现了，甚至一些实验内容和获得的成果已经超出了原定的目标。2012 年 10 月 12 日，HT—7 进行了最后一次放电实验，然后宣布正式"退役"。它也成为我国首个获得批准"退役"的大科学装置。

据说那一天，好多科技人员、工程人员，围绕在 HT—7 的身边，摸不够、看不够，他们怎么能不感慨呢？二十年来那么多人为它流血、流汗，为它兴奋、骄傲，而它马上就要"走"了，要离开"战场"了，许多感想全都涌上心头。

为了永久纪念 HT—7 在等离子体所的辉煌历史，组织上决定不会将它赠送出去，而是永久保留，放在 EAST 实验控制大厅正门前，像纪念碑一样保留下来。

这样的安排，是最好的安排。既是纪念历史，也是纪念一种精神。

八

我还想回到霍裕平的话题上，继续探究他的人生经历，同时以此作为对 HT—7 的最后一次精神回顾。

在采访中，我也曾听说，霍裕平的科学精神有着家传特点。我手边没有关于霍裕平家庭的任何资料，只能上网搜索资料去了解他。目的非常简单，希望那些听他讲座的年轻人，能从前辈的身上学习美德，克服自身弱点，做一个趋向完美的科学家。

那天霍裕平的讲座，我亲眼看见许多年轻人见到霍裕平走进来时激动的神情，他们完全是不由自主地站起来热烈鼓掌的，可见霍裕平的科学传说在等离子体所年轻人心中，并没有随着时间流逝而消退，依旧有着强烈的精神上的号召力。所以，应该让这些年轻人更加了解霍裕平。

霍裕平的父亲叫霍秉权，早年在私塾读书，后来考入东南大学，1929 年物理系毕业，随即留校。1930 年又考取了湖北省公费留学，前往英国，先后在伦敦大学和剑桥大学从事物理学的研究工作。1935 年回国后任清华大学教授，几年后又再次赴美，在华盛顿卡内基研究所进行合作研究，一年后回国，任清华大学教授。中华人民共和国成立后，河南省筹建郑州大学，霍秉权前往郑州大学，先后任物理系主任等职，直至副校长，还担任过河南省科学院的副院长，以及中国高能物理学会理事等，1988 年去世。

了解了霍秉权的人生往事，我也才明白，霍裕平从等离子体所离休后前往郑州的原因，他也曾很长时间与父亲在郑州大学工作，父子同在一所大学，也还曾经共同当选河南政协委员，一时间传为佳话。

仔细分析霍裕平的性格特点，有深度探讨的意义，一个从事科学研究的人，在尊重科学的条件下，就应该敢想敢干，敢于用自己的名誉做担保，为科学奉献自己的一生。

试想，当年引进 T—7 后，如果不能克服那么多的困难，完美转身为 HT—7，并且出成果，继而赢得各方赞誉，霍裕平该是怎样的结果？多少年之后，他还能在等离子体所 40 年所庆时重返科学岛吗？还能再做报告吗？不仅如此，他还有可能将自己之前的物理学界权威的美誉毁掉。而这种冒险，在当时情况下，他完全可以不去做，但他没有想这些，他去冒险了。

他为什么敢于冒险？他在岛上讲座的一句话，完全能够代表他的为科学奉献一切的精神。他说，物理研究就要总有新的想法，你要接受物理结果，没有胆量，那就别做这个行业！

81 岁的霍裕平，在即将进入养老院生活的时候，依然还能发出这样有力的声音，真是难能可贵。我想，那些年轻人要是追捧霍裕平的话，真应该追捧他的精神，他的那种不怕失败、不考虑个人名誉的科学精神。

第四章　董铺岛·科学岛

Chapter Four

一

这是一座迷人的小岛，只有 2.7 平方千米。但只要踏上小岛，你就会隐约感到一种起伏的气息。总是感觉小岛隐含着很多的内容，蕴藏着特别的精神。总想为它书写一份简介，总想为它绘作一幅图画。

小岛。小岛。

要想了解 HT—7、要想了解 EAST，要想了解等离子体所的历史风云，第一件事，应该放平心态，慢慢地去走遍这个小岛，了解小岛的历史，了解小岛上发生的风云变幻。

看上去，漫游小岛似乎与了解等离子体所的历史没有直接联系，但永远不要忘了一个事实，环境、氛围、气候、文化、历史对一个人是有很大影响的，甚至可以说是有极大影响的。而集体由许多个体组成，每个个体的姿态、思想、行为，最终会构成集体的姿态、集体的风格、集体的思想。如此看来，了解这座小岛真是一件重要的事，那就不能犹豫，早些起步，以任何一种姿态去走近、去看这座小岛的方方面面，从各个角度领略它的风采，了解它的内涵。

其实，陌生人从踏上这座小岛的一刻起，心中就会出现一个疑问——这个小岛的形状像什么？假如你能够飞起来，那就太好了，一定要向高处飞翔，像雪莱笔下的云雀一样，从地上一跃而起，像烈火的青云……从高空中仔细地端详它，那么它的形状将会一目了然。

看清了！

它很像史前古人类的石器，一个不大不小、非常适合握在手里的工具，用它来敲砸坚硬的坚果类食物，真是得心应手。它还像什么？像是一颗没有被切开的带着粗糙外皮的石头，只要从某一个横断面切下去，再精心打磨，它的外形一定非常精美，是一块闪烁夺目光芒的宝石。它还像什么？哦，还像"东方超环"超导线圈的不规则圆截面，这样的联想让人无比激动，它真的像"东方超环"上的一个外挂部件，几乎就是为大科学装置量身打造而成。

是的，它的形状还像很多我们想不到的东西。

它从哪里来？等离子体所为什么坐落在此？它为什么叫科学岛？它一直叫这个名字吗？

二

初秋的一天，刚好是公休日，许多人离开小岛回了家。岛上飘着细雨，若有若无，空气潮湿而清新，我想不断地吸气，甚至狂妄地想要把这么好的空气全都带走，放在口袋里、行囊里，把它带到北方，带到遥远的沙漠、戈壁。

略微起伏的路面上格外清静，没有人。只有清新的空气。

一个人在岛上漫无目的地游走。从来岛上采访的第一天开始，我就舍不得待在屋子里，只要有时间，就会出去，不管清晨还是晚上。只要行走，就会感到无尽的历史气息扑面而来。

这时候，迎面走来一个老人，戴着一顶城市里已不多见的宽沿儿草帽，穿着一件肥大的白色衬衣，一条同样肥大的短裤，一双比他的脚大很多的凉鞋。这位闲庭信步的老人，仿佛是从历史风尘之中突然出现的。

我迎上前去，与老人搭讪，他八十多岁了，身体硬朗，他说他是岛上的第一代"岛民"，早先就在合肥物质科学研究院工作，退休很多年了，但舍不得离开，这里的一草一木他都特别熟悉。他把一张大脸仰起来，出神儿地望着天空，说他注定要在岛上走完生命的最后一步。说这话的时候，老人脸上没有一丝由死亡话题而带来的悲伤，恰恰相反，却是带着一种得意之色。

我询问小岛的历史。老人就像与熟悉的人聊家常一样，告诉我，科学岛原来的名字叫董铺岛。

显然，董铺岛这个名字更具历史沿革的气质，更加带有乡土的情怀。

老人说，岛的名字源于水库名字。随后，他用手指着远方，告诉我周围的水域是水库。最初的时候，也就是还没有水库的时候……老人停住话头，像是在努力地回忆，随后又接着说，在1956年之前，这片地方是大片的农田，一望无际，现在的小岛，过去是平地，是农田，是以前古林大队的田地。后来全国大兴水利设施，安徽省有关方面相中了这片土地，最后修建成了一座大型水库，叫董铺水库。水库最初设计的总库容为1.73亿立方米……到了1978年，有关方面又对水库加高、加宽、加厚，最后提高到了2.42亿立方米，也就是现在的大致样子。

能让老人滔滔不绝的推动力，就是悠远的回忆。兴奋的老人甚至干脆摘下草帽，让一头白发暴露在细雨中，以此让自己的讲述更加尽情、更加飞扬。

老人接着说，董铺水库的水源主要是巢湖支流南淝河的上游，大坝坐落在二环路旁，董铺水库最初的作用是以合肥城市防洪为主，同时结合城市供水、市郊农田菜地的灌溉，再后来又发展到水产养殖等项目，就是说，这是一座综合利用的大型水库，其功能随着时间的推移而不断扩展、增项。

董铺岛最初三面环水，只有北门与外界相通，由此形成了一个相对封闭的环境。

我去过北门，桥已经很旧了，路也很窄。大门楼就是两边树立的两个类似门框的砖垛子，"中科院合肥研究院"几个字镶嵌在砖垛子上，显得寒酸而又沧桑。还有那座斑驳的小石桥，已经裸露出粗粝的细砂石，桥上精致的小狮子，看上去好像刚刚粉刷过，显得异常白，与破旧的桥身有些格格不入。那天去北门时，恰巧是黄昏时分，夕阳照耀着单向车道和小石桥，周边是茂密的草丛、深远的水面，一切都是那样辽阔而悠长。对于这个北门，许多老岛民都曾有过刻骨铭心的记忆。

合肥物质科学研究院综合处的程艳处长，这个 1991 年安徽大学中文系毕业的、具有江南气质的高挑女子，对小岛有着浪漫的回忆。她说当时交通不便，小岛与外界的交通工具只有公交车，两个小时一班，只有一条路通向外边，就是北门这条路。虽然距离合肥市区只有 14 公里，但当时交通不便，小岛非常荒芜。她记得来报到的那天正好下着雨，回去的时候，没有公交车，只能徒步。石桥上面都是雨水，一个人都没有，耳边只有"哗哗哗"的雨声。她没有穿雨鞋，望着没过脚踝的积水，她只想哭，她不断地问自己，我为什么要到这个荒岛上来？

程艳，来到等离子体所的第一个文科毕业生，不仅对小岛有着生活上的隔离感，与同事交往同样存在陌生感。她说有一天，几个男大学生找到她，直截了当地问她，为什么你说的话，我们听不懂？程艳有些慌张，嗫嚅道，你们说的话，我也听不懂呀！

多少年过去了，坐在综合处办公室的程艳，把肩上的深色披肩向上拉了拉，回想着过去的一切，她讲述时的目光，依然能让人感觉时光悠悠。

那时候，岛上不仅交通闭塞，生活条件也艰苦。唯一简单破旧的菜市场，被岛上的知识分子们戏称为"CBD（中央商务区）"。

程艳说的那个菜市场，我早上和傍晚都去过，非常简陋、破旧，小超市就是乡村小卖部的模样，还有装潢老旧的小饭馆，打着"土菜"的广告牌。站在这个"CBD"的面前，恍惚以为是20世纪五六十年代的乡村。现在这样，40年前会是什么样子？我们应该能够想象吧。

如今岛上的生活条件比过去好了很多，尤其是交通、通信等已经彻底改观。南门，还有跨越水面的大桥，早在20世纪80年代就已经修建、使用，据说大桥的落成仪式是时任中国科学院副院长、著名数学家华罗庚来给剪的彩。由此看出，当时对于这座小岛来说，建成一座桥是一件天大的事呀。如今每天进出小岛的豪华公交车班次非常密，还有几乎每人一辆的私家车，交通早已不是问题。通信条件更不用讲了，一部手机在手，还怕什么。

真正想要知晓小岛原貌，了解小岛历史，还是要靠脚步丈量，靠心去慢慢体味。

当别有洞天。

三

环绕小岛，应该从研究院大楼前的小广场开始。

虽然现在小广场有些破旧，但依然能够看出来新建时的雄姿，还有"野心勃勃"的设计理念。这是一个宇宙图表，中间是蔚蓝色的星球，周边是无数个小星星。

从"宇宙图"出发，应该沿着左侧向前走。慢慢走。

最先看到的是一所中学的招生广告，非常具有独特的地域特点。"在科学家身边生活，与博士生一起成长"，这样的广告语也只有在科学岛上敢写，因为这里是科学岛，这里是中国科学院合肥物质科学研究院，研究院下面还有包括等离子体所、安徽光学精密机械研究所、核能安全技术研究所等十个科学研究和技术中心机构。说不定，迎面走来的那个人就是大名鼎鼎的科学家，或是某个科研领域的带头人，在这里可以毫不夸张地说，博士遍地，本科生更是如天上繁星。

那条小路，再往前走，建筑稀少了，有的房屋能够看出时代的痕迹，显然是 20 世纪 80 年代或是年代更早一些的建筑，有的已经废弃，有的移作他用，变成了服务公司之类的办公楼。驻足门前，仔细地看，每一块砖和每一片瓦，都散发出岁月的沧桑。建筑是故事最好的载体，读懂一座建筑，也就明晰了一段历史。

假如再往前走，环境会更加静寂，仿佛走进了时光隧道。

周边都是茂盛的树木，有的是原始林木，也有的是后来栽种的。其中还有一片板栗林，有一些游客，瞬间变成顽童，使劲摇晃树干，野生板栗下雨一样纷纷落下，欢笑声此起彼伏。需要说的是，小岛不仅是科学之岛，还是旅游之岛，游客们是可以来岛上游玩的。从这一点也可以看出来，科学岛上人们的理念和思想，也在变得开放。

这里有"科学"，还有"历史"。

再往前走，看到了几幢辉煌的建筑。在这片建筑前面，有几条不宽的小路，不是横平竖直的路，而是带着弯度的，站在几条路前，似乎不容易立刻对去向做出判断，心里总在想，到底哪条路可以通向那片庄重的建筑？

20 世纪 50 年代来到小岛的一个名叫佘进海的老人，曾经有过详细的回忆，他的回忆把人带进了共和国初期的时光。

老人用苍老神秘的声音说，早先这里是安徽省委的宾馆所在地，建于 1958 年的年底。后来"三年困难时期"，宾馆工程停了。停工时，一、三、四三幢大楼已经封顶；一、三、六号别墅土建工程已经完成。后来，中共"九大"要召开，据说不在北京开，要在外地开，于是全国各地都在争取举办"九大"。时任安徽省委第一书记的曾希圣也是积极主动，希望"九大"在合肥召开，地点就在方便保卫、树木茂盛、环境幽静的董铺岛。可"九大"终究没在这里开。

董铺岛，开始了令人眼花缭乱的"转换"过程。

空军接收董铺岛。时间不长，大概一年多，空军撤走，转给了中国科学院。中国科学院接收后，把宾馆改成了实验室。也就是几年时间，3幢别墅建好了，其他4座大楼也建好了，成为小岛最主要的建筑，也建构了历史框架。

一号别墅是岛上所有建筑中名气最大的。现在已经改为合肥现代科技馆。大门向前突出，有向外伸探的白色廊檐。主体颜色分为两部分，房顶是深灰色的，墙体淡褐色，白色砖缝倒是显得没有"加工"的痕迹，所以墙体也就更加自然、清新。巨大的窗户下面则是白色。据说墙体很厚，一米多，还有地下通道。

无论是董铺岛时期，还是科学岛时期，小岛的一切都是因为这些久远的"故事"而变得厚重，有了让人猜测的空间，当然也就有了时间的重量。

佘进海记得清楚，按照他的回忆，我找到了原来安光所的工厂；还有现在的科学技校实验工厂，就是人们常说起的北京电工所。研究等离子体所的前世今生，电工所阶段算是萌芽期吧，是必不可少的一个历史阶段。

纷繁的历史，因为这些建筑还在，于是有了回忆的载体，这些看上去没有感情的建筑，也正是有了那些似是而非的故事，它们才有了骨骼、血肉，也有了思想和精神。

非常有意思的是，董铺岛多次更换"主人"。

1967 年底，国防科工委突然宣布接收董铺岛。十几名营团干部还有军医、汽车兵等，浩浩荡荡地开进了小岛，集合号、熄灯号在小岛的清晨和夜晚响起。但是 3 年后，董铺岛又再次更换"主人"，重新成为中国科学院的"属地"。

没有人知道多次转换的原因，似乎也没有深切知道的意义。但是，1970 年是一个重要的年份，因为从此以后，该岛再也没有换过"主人"了。最有代表性的一个科技单位诞生了——安徽光学精密机械研究所，也就是等离子体所曾经借过钱发工资的那个友好单位安光所。后来因为这个单位研究国防装备，岛上有了特别的警卫。

程艳在接受我采访时，曾经特别提到一个词——"拉风"。

当时北门，有战士持枪站岗，外人不可随便进入。职工们上下班，要坐敞篷大卡车，所有人都站在车上。想一想，在军人受到特别尊敬的年代里，戴一顶军帽都会受到别人羡慕，而在持枪士兵站岗的地方上班，那是何等的威风呀！所以程艳形容当时上下班是相当"拉风"的。

我想那时站在大卡车上的程艳，一定戴着一条漂亮的丝巾，色彩鲜艳的丝巾在军用卡车上迎风飘扬。

四

1973 年，一定要记住这一年，因为它离等离子体所诞生越来越近了。

这一年，由于陈春先到处奔走呼吁，还有国家领导人的支持，中国科学院在董铺岛上成立了受控热核反应试验站，简称受控站。

受控站就是等离子体所的前身。一些老人们说到等离子体所时，要想压一压初来乍到的年轻人身上的傲气，或想要在年轻人面前"显摆"一下老资历，一定会找个话题，突然"可爱"地说，还是受控站的时候我就来了。骄傲的年轻人听了，肯定会尴尬地笑两下，然后老老实实地垂下眼睑。

曾经在电工所、受控站工作过，是可以显摆的资历，因为它们孕育了等离子体所。这就是历史，这就是无法否定的历史。

时间来到了 1978 年 3 月 18 日，全国科学大会在北京召开。这是一次标志性的大会，也是一次历史转折。后来被认为是"科学的春天"到来的标志。

随着"科学的春天"到来，中国科学院批准成立了中国科学院合肥分院，同时宣布中国科学院等离子体所正式成立。

这时候的董铺岛上，有了两个研究所，另一个就是光机所。这时候，小岛上也迎来了那些我们逐渐熟悉的人物，谢纪康、邱励俭、王绍虎、宋兆海等，当然还有我们更加熟悉的人物，霍裕平、万元熙等。

多少年过去了，如今的合肥物质科学研究院，已经下辖有十多个研究所和技术研发机构了，早已今非昔比了。

从一个草木葱葱的董铺岛，到如今科学元素遍布、科研机构不断增多的科学岛，回想历史，总是让人感慨万千。这里不仅科学元素逐步增多，生活元素也同样增多。

从 20 世纪 60 年代起，由仅有军队卫生员和"借来"的医生的一个小小卫生所，到现在环境幽雅的医院。由一间间简陋的职工宿舍，到现在精美漂亮的职工大楼。由家长用砖头、水泥砖块搭建基座、上面铺块木板就成为课桌的简陋学校，到现在装修漂亮的中学、小学；优秀教师队伍不断壮大，这里甚至还出过合肥市高考文科第一，发展出拥有优质师资力量的科学岛实验中学。从过去没有邮局、银行，到现在各类生活服务设施一应俱全。一个老邮差每天骑自行车往返七十余里来岛上寄送邮件的历史，现在听来恍如隔世。

董铺岛，每年都在变化。每天都在变化。

幽静的环境没有改变。现在老岛民们回忆起来过去闭塞的时光，似乎也不全是埋怨，也有幸福的回忆。

在岛上那段日子，我常常一个人四处漫走。可以清晰地看见，岛上还在时刻变化着。一些没有彻底拆掉的旧房屋，就那样鲜明地立在崭新的大楼旁边，形成了历史的鲜明对比。但无论怎样变化，过去的传说依旧被人们传颂。早年是为召开中共"九大"盖起来的大楼，现在早已经成为办公楼了，但是顺口溜还在：一号楼"短"，二号楼"长"，三号楼"土"，四号楼"洋"。

这个被称作"洋"的四号楼，就是等离子体所的办公大楼。是不是因为当初把这座"洋"楼给了等离子体所，所以有了与"洋"相互连接的 HT—7，有了更加"洋"的 EAST，还有了国际合作的 ITER，以及将来更加"洋"的我们自己的"堆"。

其实，这种"洋"，不仅体现在建筑上，还体现在生活上。

据程艳回忆，她对等离子体所发生真正情感上的靠近，是因为一本书。那年，还在苦闷中的程艳，在办公大楼的楼道里，突然看见一个身材高挑的年轻人走过去，手里拿着一本杂志，她眼尖，是一本《十月》杂志。她顿时非常激动，原来在这一群理科生的中间，也有那亮眼的一瞥呀！随着后来同事们相互了解的增加，她发现这些看上去有些木讷的理科生，其实也有着活跃的一面，他们拉手风琴、唱歌、打羽毛球，只要离开实验室，他们依旧有着年轻人活跃的朝气。

一本文学杂志，让一个充满理想的文科女子，瞬间缩短了与理科生们的工作距离。现在想来，多么简单而又纯洁。昏暗的楼道里，一本文学杂志的闪亮一跳，让核聚变的研究重地有了某种"形而上"的意味。

五

夜晚的小岛，有着一种难以形容的寂静。因为水库是合肥人的大水缸，所以小岛上不适宜太多人居住，人太多的话会造成水质的污染。研究院鼓励岛上居民尽量离开小岛，以减少对水质的污染，如今岛上居民逐渐减少。到了晚上，下班了，街道也就愈发清静。

这时候，应该从"宇宙图"出发，沿着右面也就是研究院大楼后面前行，去看一看夜晚中的小岛模样。

靠近水边的医院附近，夜幕降临后更是令人迷醉。有许多灯光在宽阔的水面上顽皮地跳跃，因为岛的边缘是弧形，所以无论站在哪一处，你都会感觉四面被水包围，不，不是水，是柔软的丝绸在轻轻地舞动。远方的堤岸，因为遥远，已经不是印象中的直线了，而是变成了一个个影影绰绰的黑点。岸边上有许多妖娆的树木，它们一律向柔和的水面倾斜，那些枝条的背影，被岸边的灯光投射到水面上。

离开夜晚的水边，只要有时间、有心情，你就围着小岛走，慢慢地走，永远不会有疲倦，只要回头驻足，就会拥有无限的感觉。

无人的幽静小路，弓形小路的尽头被茂密的树木完全吞没，望得久了，心里竟还会有几分惊慌。有的小路好像热闹一点，流浪猫、流浪狗在散步，它们一点声音都没有，有时会坐下来，眺望夜空，像天文学家在观测天象。居民楼环绕起来的小区里，废弃的水塔高耸入云，却感觉不到突兀，反而有一种时空转换的幸福恍惚。

只要细心观察，还会发现历史的痕迹。在一个公交车站牌前，看903路公交车的运行线路图上"蜀山森林公园"到"科学分院"的14个站点，再回想过去岛上没有公交车、没有私家车的年代，会是怎样的心境？在迎宾路与创新大道交叉处，借助着公交车站牌上方的微弱路灯光，还可以看见一个路标，仿佛一个矩形显示屏。

此刻站在路标前，仔细看看这个路标。从上到下是：现代科技馆、核安全所、合肥智能所、安徽光机所、技术生物所、研究院办公楼、医学物理中心、强磁场科学中心、固体物理研究所、等离子体所。

是的，我就是想要寻找"等离子体所"这个名称，无论在小岛上走到哪里，都要下意识地寻找这个名称。

从1978年中国科学院合肥分院在董铺岛上诞生开始，在原有的安光所的基础上，科研机构不断出现，发展了二十年后，董铺岛有了新的名字——科学岛。

六

随着中国国力的提升，随着国家对科学研究、对科技人员的重视，科学岛上的每一天，甚至每一时刻都在发生着巨大的变化。环境更好了，比如强磁场办公楼前大片的绿地，让人舒缓。当然最重要的还是科学氛围不断浓厚，走在寂静的小路上，偶然抬头，会看见不同肤色的外国学者、留学生迎面走来，他们是来学习进修的。

科学的种子需要慢慢发芽，需要在这片曾经的农田里慢慢成长。科学岛从农田到科技园地的转变，也代表了中国前进变化的步伐，非常形象地昭示了中国要走科技强国之路。

回想历史，1970 年，第一颗科技种子在岛上诞生。

那一年，中国科学院在讨论第四个"五年计划"赶超项目时，物理所、电工所的陈春先、严陆光等人，提出利用合肥八号电感，建设一个有世界先进水平的"强磁场环形热核反应实验装置"的设想，也就是岛上人人皆知的"八号工程"。从那时开始，又建立了受控站和其下属的三个分站，及至 1978 年等离子体所的正式成立。

回忆科学岛的历史变迁，常常令人无限感慨。曾经的那些年、那些人、那些事，像是等离子体所"40 年所庆"的巨大红色签名板一样，去年永远是今年的"背板"。

仔细端详那个红色签到板，会发现许多饶有趣味的秘密。围绕着"等离子体所四十年发展回顾暨磁约束聚变工程物理展望"这叠成两行的 24 个大字，你会发现几个比较重要的人物，他们的签名位置也有着某种与时间、性格关联的神秘"密码"。

霍裕平的名字，签在"等"字上面，意味着他在等离子体所发展历史上冲锋在前，身材高大的他，签字却很小，似乎也象征着他在大刀阔斧的背后，同样有着科学家的细密。万元熙呢，名字签在了"展望"两字的上面，位置比较靠后，有压阵的意味，而且个子不高的万元熙，签字却很大，好像也代表着他追求阔远的勇敢。而现在的合肥物质科学研究院院长匡光力，则把名字签在了"离"字和"所"字的上面，位于中间。这三个人的签名位置，似乎也反映了等离子体所的过往历史。

也就是从那时开始，我就想好了，要把所有我心中的难题，"抛给"匡光力院长，让他给我解答。

第五章　那些年、那些人、那些事

Chapter Five

一

在等离子体所的发展历史上，拥有许多个性鲜明的人，也有着由这些个性鲜明的人所做的事。每个人、每件事都那么让人印象深刻；人与人之间的工作关系、每件事之间彼此的相连，都是那么吸引我们去阅读，去深入地探究。但这些事、这些人以及他们彼此的相互勾连，又无不与托卡马克装置密切相关，人与装置似乎成为牢不可破的"亲密同盟"，彼此共同成长、休戚与共。

在 HT—7 之前，等离子体所已有多个托卡马克装置，在全国也是数一数二的"明星"，每个装置都有着不凡的成绩。比如 1983 年完成的由 HT—6A 改造而成的 HT—6B，还有设计工作开始于 1980 年、建成于 1984 年的 HT—6M 装置，这两个托卡马克装置曾是等离子体所的骄傲，是 20 世纪 80 年代全国同类装置中的领先者，这两个装置同样也凝结着全所科技人员、工程技术人员的心血与智慧。

假如围绕托卡马克装置，再向前回溯历史，毫无疑问，那就是八号装置和HT—6A。这两个托卡马克装置之间也有着千丝万缕的联系。

当年，为建造八号装置曾经进行过预备研究，还有一个模拟的装置，叫六号装置，建造工作是在1974年6月开始的。当时的参与者，有受控站的科研人员，还有安光所工人。他们手挽手，协同攻关，先后完成了纵场线圈、铜壳、真空室等主要部件的加工，于1974年底完成了六号装置的预装，并第一时间运到了当时的实验大厅，又经过十多天紧张有序严谨的总装、调试，于1974年12月26日凌晨放电，取得一次性成功。如今回想起来，从那个重要日子开始，等离子体所终于有了自己的托卡马克装置。

我在采访中曾经听说过六号装置的坎坷命运。1978年底，天气异常寒冷，滴水成冰。岛上有着看不见的"凝固"的状态，那是寒冷造成的空气凝滞。据讲就在马上要过1979年元旦的时候，六号装置出事了，加热场突然烧坏，导致实验遗憾地停止运行。

这时候，等离子体所内弥漫着紧张的气氛。

1979年元旦过后，全所上下立刻开始对八号装置进行改造。改建工程的内容，除了纵场、真空室之外，装置的其余主要部件，也都进行了重新设计和强力改造，改建工作非常顺利，终于在1980年底完成，并且当年放电运行。这个改进后的装置，也就是后来写进等离子体所大事记的 HT—6A。

四十年，四代托卡马克装置，构成了等离子体所"那些年"的故事主干。在这个主干之下，也就有了引人入胜的"那些人"和"那些事"。

二

在等离子体所办公大楼的顶层，也就是六楼，我见到了吴维越。

这是一个头发已经发白的人，身材匀称，个子高，骨骼显得非常刚硬，身上没有一点赘肉。他穿着一件短袖细格衬衫，底气足，讲话声音很有力度。

我惊奇地发现，所有等离子体所的人，见面第一件事总会讲HT—7和EAST的故事，每个人都会讲，还都会有不同的视角，不同的故事。可见这两个大科学装置像两棵参天大树，牢牢扎根在人们心里，成为某种意义上的人生坐标。

在EAST装置建设中，吴维越负责平衡计算和电磁场。还有外真空室的改造，也是他具体负责的。我问吴维越，您在这里多少年了？这样一问，他就笑了起来，说他也参加了HT—7的建设。我这才恍然大悟，既然参加过HT—7，那肯定是一位老同志了。虽然他1952年出生，但看上去很年轻。

我惊讶，您还没有退休吗？

吴维越说，工程没有完结，退休了还要继续干。

这是工程需要，一个工程必须要保证参与人员的连续性，特别是某个部门的负责人，要做到工程结束。任何理由都绝对不能影响科研工作的连续性。

我们开始的交谈显得漫无边际。比如装置材料为什么要用超导，因为超导没有电阻，消除了许多科学实验进程中的限制；比如 T—7 刚来时，窗口只有 40 毫米大小，必须多开几个窗口，要把窗口变大，否则怎么能做物理实验；比如俄罗斯人看见中国人在曾经属于他们的装置上做出优异的物理实验，脸上闪过很难形容的神情，后悔当初装置第一次放电时他们为什么没有来；还有美国人对我们的时刻"关注"……我特别喜欢这样的放松交谈，开始时越是放松，后来越能产生有重量的话题。

吴维越说到了橡胶圈。一个我不曾关注的"小零件"。也是我从来没有听过的小故事。

EAST 装置上需要各种异形橡胶圈，为什么说是异形呢？因为许多设施连接部分是交叉的，是不规则的，所以需要交叉密封，橡胶圈也就必须是异形的。就是这小小的异形圈，国内许多生产厂家竟然做不了，听说辽宁铁岭某家研究院能做，于是吴维越去找到他们。要说也是难为他们，全国得有多少厂家，寻找过程一定费了不少周折。

千万不要小看了这个小小的橡胶圈，它出厂前需要做压力试验。而且要做六万次，每次压力要达到两百吨才符合要求，按照材料力学的原理，试验必须是连续性的，其间不能中断。

后来因为多种原因，这批异形圈产品，又改在成都去做。正好当时这家实验室离居民区不远，两百吨的压力试验是要带来巨大声响的，老百姓不干了，不能影响睡觉呀，好多人把实验室围了起来，半夜吵声一片。后来警察都来了，险些造成一次"群体事件"。

我有些紧张。吴维越笑了，他说后来想了好多办法，终于解决了。

尽管吴维越没有详说解决过程，我也能猜测出来过程的烦琐。看上去那么"整体"的一个装置，其实由许多"烦琐"组成。这种"烦琐"有许多过程是我们局外人不清楚的，甚至是想象不到的。

比如现在吴维越做的这个大项目，被称作"巢湖项目"，这个巨大的导体是为欧盟做的，其中线圈部分需要中国设计、制作。为什么说这个导体巨大呢？因为很重。有多重呢？一个大线圈将近四百吨，要在巢湖特别为这个"大家伙"建一个码头，做好后，先运到上海，再运到国外。吴维越做这个项目已经六年多了，现在也快做完了。他具体负责，带领着一个六十多人的团队。显然这是难度很大的一项工作，但是从他脸上看不出丝毫紧张、焦虑、烦躁情绪。

从吴维越办公室向窗外眺望，除了宽阔的水面，还有 EAST

实验大楼，视野极好，让人有一种极目远眺时的心情。

在这样容易引人畅想的环境里，所有交谈肯定离不开"过去"。只要"过去"这个话题浮现，那么吴维越的"人生履历"也像窗外水面上的波纹一样，会慢慢荡漾开来。

吴维越毕业于上海同济大学机电系工程机械专业，是等离子体所装置设计研究室副主任，高级工程师。他的专业是电物理装置的设计，同时还承担其他项目的设计，比如电磁场、机械、真空类装置，还有计算研究和制造工艺研究等。他不仅参与了等离子体所的相关研究，还参与了兰州近代物理所和中国科技大学同步辐射加速器的工程设计工作。

因为吴维越有众多"参与"的项目，他退休后依旧在继续工作。是呀，科学研究怎么会有退休之说？这个身高一米八的大个子，只要身体还好，大概永远不会"退休"。就像他 1977 年来到岛上，突然面临"八号工程""下马"，所领导喊出了口号——工程可以"下马"，但是人不能走，人才不能"下马"。也正是这样感人肺腑的"呐喊"，为等离子体所保留下了"科研火种"。

吴维越感慨地说，人才是通过项目培养的，不是通过培训和留学培养的。

这句话听上去非常简单，但内涵特别丰富、重要，说得非常明了，必须做项目，必须在真刀实枪的科研项目中才能"拉"起一支能打胜仗的科研队伍。

于是，我和吴维越的话题又"拉"到了与人才培养密切相关的职称评定上。不能不说，这是一个"大话题"，当我们在提"国家""精神""拼搏"等词的伟大意义时，绝对不能忽略个体的切身利益。"只让马儿跑、不让马吃饱"是违反社会基本常理的。

那么，怎么才能鼓励年轻人进步，助力年轻人成长？很重要一条，也是至关重要的核心，就是鼓励机制的制定以及稳进实施。

吴维越告诉我，项目聘任的人，是没有办法评职称的，这是硬性规定。可是干了好多具体事项、为项目建设出了大力的人，你不能给予相应的待遇，这怎么能留住人心呢？

我望着吴维越。

吴维越给出的办法是，让年轻人到社会上拿职称。

我还是不解，继续用目光问询。

老吴解释说，只要你干了等离子体所的大项目，做出成绩，我们这边就会给出具各种相关的证明，那些不能在所里评职称的人，可以到省科委等部门去申报评选。

假如评上呢？我追根问底。

老吴笑说，你在所外评了职称，我把情况向所里如实汇报，这样在待遇上就会提高。这是一种没有违反政策的"互换策略"，可以极大提高为等离子体所做出各种贡献的科技人才的待遇和积极性。

我觉得这个办法好，非常公平。

老吴说，还有一个办法呢。

安徽省有"人才公司"，可以通过该公司走人才派遣加聘任的方式，比所里某个单纯项目聘任还要更加科学一些，各种待遇比较稳定。

吴维越特别爱惜人才，只要发现年轻人才，他就想尽一切办法加以引进和帮助。比如有一个哈尔滨焊接所（全国焊接标准是由哈尔滨焊接所制定的，这是一个焊接人才辈出的宝地）的年轻人，技艺精湛，所以吴维越写了报告，把这个年轻人调到他负责的项目来，这样既对等离子体所有帮助，同时也让这个年轻人有更多接触大项目的机会。

时间过得很快。

窗外的阳光依旧耀眼，仔细端详停留在窗棂上的光泽，似乎能够看见水的波纹，还能闻到水的气息。这也难怪好多人舍不得离开小岛。吴维越一直住在岛上，他觉得这里最适合搞科研。科研一定要与安静相连，一定要远离喧闹。内心焦灼的人，搞不好科研。

我们谈天说地，吴维越始终情绪饱满。我问他平时怎么保养。哪里想到，吴维越告诉我，当年他差点死了，两次大病、两次闯过鬼门关。

1977 年，吴维越来到小岛上，成为第一代"岛民"。他报到后，正好赶上"路线教育"，被派去淮北受"教育"。那时候淮北的生活条件非常艰苦。他刚到就病倒了，公社卫生院条件差，也没有看好他的病，甚至都没有查出来是什么病。回到合肥后，吴维越又去了几家大医院，这才终于查出来，原来胃部有一个很大的肿瘤。后来病情恶化，吃不下饭，又到上海大医院进行诊治。当时吴维越已经瘦成了 90 斤，瘦得让人不敢凑近他说话，担心一口大气能把他吹倒了。

那时候，瘦弱的吴维越已经坐不了火车了，必须坐飞机，但凭他当时的身份，坐飞机是一件很麻烦的事，最后等离子体所特别办理，开具了相关证明，他买到了飞机票，及时到了上海。在一家部队医院，经过切片化验，证实是恶性肿瘤。吴维越及时做了手术，术后病情还算是稳定。

时间流淌。到了 EAST 建设时期，吴维越已经是"总装办"主任。有一个阶段，万元熙突然发现吴维越有些不对劲儿，脸色不好看，总是很累的模样，立即劝他去医院做体检。当时 EAST 建设正在节骨眼上，全体人员昼夜轮班，吴维越想，还是不去为好，去了，查出来问题，肯定住院，那可麻烦大了，他这个"总装办"主任不在现场，那可如何是好？吴维越决定不去检查。

后来，万元熙越发感觉不对劲儿，还是催促他去检查。吴维越这一次检查，又把大家吓一跳，说他肾脏有问题，经过复查，结果出来了，肾脏上有巨大肿瘤，而且供血快，流速快，这一切说明肿瘤还有继续长大的可能。

面对可怕的境况，万元熙拍板，坚持让吴维越去北京、上海大医院做手术，可吴维越担心影响所里工程，决定留在小岛上做手术。这样工程上的事情还能及时处理。

我感觉鼻子发酸、眼眶有些湿润。我是一个敏感的人。越是看见人家轻描淡写讲述危险之事，我越是不能把持情感，感觉那个巨大肿瘤的影像正在眼前飞舞。

吴维越告诉我，经过他自己坚持，所里同意了吴维越的治疗方案，但是请来了最好的肿瘤专家给他做手术。手术非常成功，左肾切除，可是他仅仅休息了一个月，又开始上班了。

我问老吴，那么快上班，没考虑自己身体健康吗？

吴维越笑道，我不想说一些冠冕堂皇的话，就是想说人是有感情的，大家在一起拼命做事，我跑到医院养病，心里放不下。

我觉得非常惊讶，养病？那怎么是养病呢？那是恶性肿瘤呀，就是不上班，谁又能说你什么？

可是吴维越觉得大家都在拼命大干，我却住院看病，心里过意不去。

我不由得长叹一声。

我们有时总是讲精神，总是讲英雄，其实在等离子体所就有许多像吴维越这样"不要命也要干工作"的英雄，难道不是吗？英雄不是喊大话、唱高调的人，而是那些拼着性命去干工作的人。这些人就是英雄。

吴维越还说，万元熙好，大家跟他一起干，也是高兴。当时那种氛围，怎么干都不觉得累。

　　吴维越还透露了一个小细节。最初他来等离子体所时，跟万元熙在一个办公室办公。那天吴维越提着行李进来，万元熙突然一个箭步上来，扛起他的行李就走，带着他去招待所。一路上还给他介绍所里和岛上的情况。多少年前的场景，吴维越历历在目。

　　大家互相帮助，这个集体真是让人留恋。吴维越望着窗外，似乎在喃喃自语。

　　也正是在这样感人的集体氛围中，大家互相携手，奠定了中国核聚变前进的基石。什么困难、什么险阻，在这样具有高度团结精神的集体面前，全都吓跑了。就连吴维越身上的癌细胞也被吓跑了，消失得无影无踪。是的，被强大的精神吓跑的。

　　这个来自大别山区的六安人，这个说话充满力量的科技人员，他身上那种气质，让人看到了生活的张力，看到了知识分子的精神。他的那种专注和热爱，真的可以守护身体的康健。

　　我又一次听到了"集体"这个动人的词。

三

胡纯栋来自浙江义乌，是一个性格独特的研究员，也是也是博士生导师。

这次与胡纯栋见面，充满了戏剧性。他似乎对待采访非常警觉，问得详细，甚至还向我索要身份证明，脸上表现出某种不好形容的疑虑。他希望我不要"耽误"他的工作时间，我说大概不会超过一个半小时吧。胡纯栋大惊，不由得叫起来，怎么可以这么长时间？

我笑着说，那就少一点，您说什么时候停止，我们就什么时候停止。如何？

胡纯栋看看我，似乎还是有点为难。

胡纯栋是我遇到的一位个性十分鲜明的科技人员，有一说一，绝不客气。他也是我遇到的唯一穿牛仔裤上班的科技人员。牛仔裤是九分的，站立时会露出脚踝，有些时尚的感觉。他语言犀利，表情独特。

　　我倒是喜欢这样不隐藏自己情绪的人，所有的喜怒哀乐都表现在语言上、肢体动作上，还表现在丰富的表情上。我喜欢采访到这样个性鲜明的人，因为极有可能突然碰撞出闪亮的火花。

　　但是，采访当中的第一个问题就显得非常重要，它必须"触碰"到他精神上的疼痛，否则他不会再有兴趣回答任何问题。所以在这里要说的是，综合处给我提供了很好的采访保障，每次采访前，他们都会把被采访人的相关资料给我，让我提前做功课，这样能有的放矢。譬如采访万元熙时，我上来就提出来，他是全岛第一个用按揭方式来买私家车的人，也是第一个提出来把工资存折换成磁卡的人，就是这样的一个小细节，让万元熙彻底"缴械"，他马上就说，看来你早就"侦察"好了，那就问吧，问什么我答什么。

　　此时，胡纯栋把手表摘下来，然后放到桌前，那意思非常明显，我们的谈话是有时间限制的，他有可能因为感觉没趣，随时"驱赶"我走。

　　我也不慌不忙，因为我有"底牌"。我知道这个"底牌"亮出来，他肯定会"缴械投降"。肯定的。

　　采访胡纯栋之前，我也了解了一下他的履历：1984 年毕业于山东大学物理系，1999 年来到等离子体所，后来在所里获得了核能科学与工程博士学位，也曾经以访问学者身份赴德国、美国工作多年，2002 年的时候受聘为等离子体所的研究员，2006 年担任计划财务办公室主任，2008 年起担任中性束注入研究室主任。

这份简历非常重要，对于打开与胡纯栋的"交谈通道"非常有帮助，因为其中的"办公室主任"这段经历，似乎显得有些"扎眼"，一个科技人员怎么突然去当办公室主任，而且还是"计划财务"？

我问他是不是想走"仕途"之路。不是的话，为什么去当办公室主任？

我上来就把这个问题抛给了胡纯栋，看看他怎么接招儿，看看采访时间在他眼里还会那么严苛吗？

显然，这个话题"刺激"了胡纯栋，他的脸庞微微红了一下，但也只是稍纵即逝的脸红，这让我心里踏实了。接下来，"时间"已经不太重要了，他肯定会给我慢慢解释的。

果然，胡纯栋开始从头到尾讲起来。其实，我心里那会儿已经明白，这是个单纯的人，而且一定是讲道理的人。

胡纯栋简明扼要地告诉我中性束注入是什么。

中性束注入是当今世界大型托卡马克装置以及聚变堆所采用的芯部辅助加热和非感应电流驱动的主要手段之一，也是目前为止，加热效率最高、物理驱动机理最明晰的加热方式。

显然，中性束注入有着极为复杂的程序，我在这里也不多讲了，对于普通读者或是局外人来说，概括性地了解一下也就可以了。

胡纯栋说，中性束特别费钱，举个例子，要是托卡马克所需费用是两亿元，那么花在中性束上的钱就占了一半，可见中性束的重要性。等离子体所开始研制 EAST 时，在中性束领域处于落后状态，技术水平离试验要求有很大距离。

2008 年等离子体所开始组建中性束注入研究室的时候，胡纯栋的团队只有他一个是中性束专业出身。在此之前，胡纯栋在国外，妻子、孩子也跟着他在国外。至于为什么回来，就像等离子体所所有回来的科技人员一样，他们有着共同的心愿，科研人员在国外工作就是"智力打工"，永远没有成就感，只有为祖国奉献才能真正骄傲和自豪。

胡纯栋说，我当办公室主任是组织需要，我仅仅干了两年，随后便要求去从事自己的专业。当时所长李建刚说，不想当官、只想当科学家的人，在等离子体所，胡纯栋可以算一个。

沉思片刻，胡纯栋继续说，我是一个做科研的人，一定要做出成绩，否则到老了，人家说你做科研，你有什么成绩呢？总要自己对自己有个交代呀！

胡纯栋确实给自己有了交代。自从换岗之后，他的科研成果不断涌现。譬如在聚变研究发展对兆瓦级长脉冲高功率中性束注入的需求，还有与中性束相关的关键物理与工程技术问题的研究上，他都取得了显著的成绩。

还有一点需要强调，胡纯栋作为中性束注入系统等多个项目负责人，至今已经领衔承担了经费总和超过两亿元的科研项目。另外他在 MW 级强流离子源磁场位型特性、中性束传输过程中再电离损失抑制、MW 级强流离子源关键物理与工程技术问题上，还有在来源光学、束品质优化等方面的研究上，已经发表论文几十篇，申请专利四十多项。这可不是简单的事。

这些成绩怎么得来的？说来也是简单，除了钻研业务，具备高超的思考能力，剩下的就是苦干和巧干了。

在胡纯栋的眼里，没有节假日的概念，他对所有加入他团队的人说，在我这里没有节假日，科研怎么还有节假日呢？不管什么时候需要你来，你就必须来到现场，假如对这样的工作方式有意见，那就不要来了。想要"升官发财"，也不要到这里来，这里就是做科研的！

这样的宣言和要求，听上去有些霸道。但细细想，有道理呀。科研正在节骨眼上，你说我要去休假，这可能吗？实验室里工作起来，通宵达旦是不可避免的，哪有时间想要休息，恨不得不睡觉才好呢。

胡纯栋不仅要求别人这样，他自己也是这样做的。大年初一他都是在办公室过的，至今他还住在岛上，虽然只是 90 平方米的小屋子，但对于他来说，这都不重要，因为能搞科研，这才是最重要的。

如今中国的中性束注入已经走在世界前列，在世界同行面前，能够有尊严地进行平等的对话，甚至那些骄傲的西方人，看见中国专家，也会不由赞叹说，未来中性束的希望，是在中国，一定是在中国。

胡纯栋笑了笑说，其实中国科技进步，也得益于美国。

我问，为什么？

胡纯栋说，没有他们打压，我们也不可能进步如此神速呀。

科研是快乐的，奋斗也是快乐的。把家安在小岛上，放弃岛外更加舒适的居住环境，也不想当行政领导，就想一心搞科研，坚守自己喜欢的职业。

胡纯栋在做自己喜欢做的事，同时他也让部门里每个人在科研道路上，都能拥有提升的空间。为了这个热爱的事业，胡纯栋放弃了许多机会，比如出国交流、做访问学者等，一心一意"待在"小岛上搞科研。

尽管没出国，但胡纯栋不是头脑僵化的人，他一直在向先进国家学习。譬如他曾经学习工作的德国，他们的科研人员不以发表论文作为科研之路，而是重视交流，每项科研工作都以报告形式出现，一定要有独创性的科研内容。在"科技人员"问题上也是划分很清。科研博士，你就是搞研究；技术人员，你就是工程师。这些划分方法还有管理办法，都对科研起到极大的帮助。

胡纯栋还是一位"念旧"的人，他告诉我，中性束这个部门，之前还有许多领导，他们为这个部门的发展打下了坚实的基础。王绍虎就是这个部门最早的领导，现在的所长万宝年、书记张晓东当年都在这个部门担任过领导职务。说起这些人，胡纯栋脸上露出崇敬之情，可见这个外表有些孤傲的人，其实内心之中也有温暖的一面。

我故意看表，说，胡先生，现在都过去一个小时了，时间太晚了，还可以谈吗？

胡纯栋连忙摆手说，我们接着谈，今天很高兴，没关系。他忽然又像想起什么，看表后惊问，时间过得好快呀，一个多小时了，来，我们接着谈。

这是一个非常可爱的人，这是一个感觉像大男孩一样的人，直来直去、爱憎分明，心中的一切都明明白白写在脸上。

那天，我也不知道跟胡纯栋聊了多长时间。

四

其实，我喜欢与"70后""80后"聊天，他们富有朝气，思维更加迅捷，也更能带来新的思考和新的信息。

比如吕波。

他是一位看上去就很"南方"的青年，一问，果然是浙江绍兴人。他戴着一副白色眼镜，穿着白色细蓝格的衬衫，干净、整洁、文雅，典型的"理科男"。

吕波喜欢笑，总是保持微笑，善解人意。他的专业是核能科学和工程。他是研究员、博士生导师，也是中性束注入研究室的人，还是室务委员。

吕波是一个处事井井有条的人，我们的交谈从他的科研履历开始。

2002年，吕波从清华大学工程物理系核工程与技术专业毕业，随后去了美国留学，硕士毕业于田纳西大学核工程系核工程专业，博士毕业于佐治亚理工学院机械工程学院核工程专业。

在美国读硕士、博士之前，他曾经在等离子体所短暂工作一年，其间从事 HT—7 的软 X 射线能谱诊断。

为什么在等离子体所工作时间如此之短？我单刀直入。

吕波毫不隐瞒，实话实说。

他嘿嘿一笑，说，我大学毕业刚来那年，正好赶上所里 HT—7 装置改造，我看见一大堆人整天围在那个"铁家伙"旁边，有说不完的话、干不完的事，我觉得意思不大，这样没有什么前途，而且看上去也好辛苦呀！那些年岁已经不小的人，围在那个"铁家伙"旁边，长此以往，要熬白了头呀！

我被吕波说笑了，他说这话的时候，表情很是可爱。

吕波向所里领导提出来，要去国外读研究生。所里领导劝他留下来，年轻气盛的吕波听不进去。所里领导耐心讲，你要是想出国，将来所里可以公派你出去，那样不是更好吗？但是年轻气盛的吕波坚持要走。等离子体所的领导开明，该做的思想工作要做，若是偏要走，领导也不会强加阻拦，反而会尽力支持。聪明的吕波也是争气，没有费力就考出托福，远赴大洋彼岸去了。

一大堆人围着一个"铁家伙"整天研究，没什么意思，好辛苦。吕波说的是真话，是心里话。一个刚走出校门的大学生，脑子里满是想法，怎么可能整天"侍候"一个"铁家伙"呢？

我从心里理解当年的吕波。我在等离子体所采访期间，多次看见那个"铁家伙"，时间长了，也是觉得单调、乏味。

不可否认，正是等离子体所尊重个体、尊重个人选择，所以后来研究所发出召唤后，这些走出去的科研人员纷纷选择回来。因为他们之间拥有相互信任的感情基础。

几年以后，吕波学成归来，还是面对一个"铁家伙"，但已经不是 HT—7 了，而是更大的 EAST。那时的吕波，已经没有前途的忧虑，也没有觉得辛苦，而是觉得那个"铁家伙"大有意思。

在从事 EAST 工作期间，吕波开始主攻研究发展弯晶谱仪、电符交换复合光谱、软 X 射线和极紫外光谱仪、运动斯塔克等，并且还承担了科研项目，包括国家自然科学基金项目，还有国家磁约束核聚变能研究等。

我问他，是自己要求回来的，还是所里要求你回来的？

吕波给我讲了一个"回来的故事"。听上去非常有意思。

那年，等离子体所所长李建刚去美国讲学，活动结束后，从等离子体所出来留学的吕波，还有另一位科研人员项农（这也是一位很有特点的科研人员，会在下面章节中介绍他），一起来见老领导。

我没有见过李建刚院士，但知道他绝对是一个了不起的人物，不仅能言善辩，还有一整套"笼络"科技人才回国的好办法。

吕波清楚记得，那天李建刚来了，他穿着一件做工考究的暗红色唐装，头发锃亮。他们三个人简单吃了顿饭，这个规模不大的饭局，却为日后两个优秀人才的回归奠定了基础。李建刚向他们描绘等离子体所的未来前景，还有相关的人才待遇，劝他和项农一定要认真考虑，只要回来，等离子体所热烈欢迎。

饭桌上李建刚的演讲，确是起到了作用。后来吕波，还有比他年长的项农，都从国外回到了科学岛、回到了等离子体所。其实等离子体所不乏"演讲领导"，万元熙、霍裕平都曾经在去国外讲学的时候，通过激动人心的演讲，把在国外的优秀人才"召唤"回来。

我问吕波，你当时在国外情况怎样?

吕波告诉我，那时候他已经结婚了，妻子陪伴身边。他当时奖学金很高，每个月有两千多美元，但是回来后，每个月工资只有三千多人民币。

你妻子同意?

吕波笑着说，起先不同意，后来看见我坚持回来，她也就同意了。回来后，面对现实，她也从来没有埋怨过。

到底为什么回来? 我再次问。

吕波说，回国后，我那么年轻，所里就让我做项目，要是在国外不可想象，像我这种情况，没有十年或是更长的时间，根本不可能做项目。在国外，就是打工。

中国许多科技人才都是这样回国效力的，从早年的钱学森、华罗庚，一直到现在"70后""80后"的知识分子，他们心里装着科技，装着国家，这不是嘴上说的，是用实际行动"说"的。如今，吕波的学生也在走着他当年的这条路，来到等离子体所，然后出国深造，有了学问、有了知识、有了本领，再回来为国效力。

当然，李建刚的"演讲召唤"不是虚的，说话算数。吕波回国后，按照有关规定，办完相关手续后，所里当即在岛外的"科学家园"给了他一套房子，转天就可以选房居住了。随后吕波开始做项目，两年后的 2012 年，他被评为副研究员；3 年后，也就是 2015 年，他又被评为研究员。可以看出来，吕波在等离子体所的科技发展之路是十分顺畅的。

假如吕波继续在国外，生活可能会比国内好，待遇也可能会更高。但是要想做项目那可是难上加难了，一个中国人在国外做项目，不仅要有资历，还要冲破肤色以及国籍等的制约。而真正的科研人员，没有一个人会看重金钱、看重舒适的生活，他们最看重的是能够真正做自己的专业，能够让自己的本领真正用在有用的地方。

现在的吕波，已经是第 13 室副主任了。他负责两个小组，一个是中性束注入工程小组，还有一个是主动束光谱小组。而在后者中，他竟然是年纪最大的，他带领 5 个比他更年轻的人一起工作，同时还有 8 个研究生在此实习，可见吕波肩上的重担。

但吕波不认为担子重，他认为假如现在有压力，那也是学术上的。显然，表面上笑呵呵的吕波，心里有着非常清楚的认知。

青年吕波当然最了解年轻人心里是怎么想的，因为他刚从这一阶段走过来，所以有着极深的体会，同时也有自己独到的看法。这是我非常想听到的。

吕波说他小组里的几个年轻人，由于经验不多，特别容易产生焦虑感，必须有一个大的机会来锻炼。

吕波说到这里，我自然想起了等离子体所历史上的"大机会"，就是 HT—7 和 EAST，当年这两个"大机会"，真是为一大批青年人才的快速成长"推波助澜"。

吕波还告诉我，一般情况下，走出大学校门后的年轻人，要是 3 年之内还没有机会得到锻炼，就会产生焦虑感，而博士毕业两年以后，也要面临职称评定问题，要是没有"大机会"的话，就没有成果，也就不能评定了。这些都是现实问题，都是具体问题。谁也躲不过去，都要面临这个问题。

那怎么办？难道还像你当年一样，出国寻找机会？我问吕波。

吕波想了想，说，现在情况是国内机会多，可是国内人也多，许多时候还要论资排辈，全国的科研机构又能有多少像当年等离子体所那样的机会降临在他们身上呢？那时候的等离子体所，大多数年轻人都能有"走上前去"锻炼的机会，都能有机会大干一场。

随着我和吕波交谈的深入，我越来越发现，吕波回国，绝不是心血来潮，而是有着细致的比较、缜密的权衡。

吕波站起来，对我说，当年我为什么回来？因为等离子体所氛围好，像是跟我当年大学校园里的感觉一样好，所以我才毅然决定回来。

看着青春依旧勃发的吕波，一时间我非常感动。

我让吕波"提点意见"，倒不是针对本单位，而是对当下全国科研机构存在的问题说说看法。

吕波工作了多年，气质还是像大学生一样，毫不畏缩，有话直说，显示了一个年轻科技人员的活力，显示了等离子体所当下拥有宽松和谐的人文环境。

吕波分析说，一般情况下，学生选导师，大都喜欢选择充满活力或是拥有影响力的导师，而且一定还是"放眼四海"，不局限在狭窄视野之内，应该广泛一些。比如美国学生毕业后，基本上不在本校攻读博士学位，也不会选择本校老师为导师，一定要到别的学校去。这样做的好处是可以避免"近亲繁殖"。但目前中国还做不到这些，基本上是：清华毕业的大学生大都选本校老师做导师；北大毕业的学生也会"不管不顾"地要选北大老师做导师。

吕波23岁去美国、30岁回国，他的思想成熟期间，完全是在国外度过的，所以他的思维更加开放，没有畏首畏尾的胆怯。虽然他指出当下中国科学界存在一些问题，但他依旧选择回国。因为他有自己的想法，有自己对事业的完整考虑。

吕波回国的时候，妻子已经怀孕，快要生产了，再多待上几个月，女儿就会是美国国籍，但他不等了，几个月都不等了。什么叫爱国？什么叫热爱事业？吕波用行动做出了回答。

吕波非常平静地告诉我，即使现在还有机会出国，甚至包括能够有留在国外的机会，虽然他也承认大概会思考一下，但绝对不会再出去了。因为在这片小小的科学岛上，拥有着能够实现自我价值的机会，不会有迷茫感，心里会踏实。

在那个阳光普照的上午，我跟吕波的交谈充满着激动、充满着无限的感慨。话题不断在国内、国外之间大幅度地跳跃，不断穿插进对当下、对未来的思考。

比如针对当下国内一些人，特别是年轻人，过度崇拜外国的现象，吕波悠然地笑道，美国人表面上彬彬有礼，但他们眼睛里有着转瞬即逝的不易察觉的陌生神情，有时这种神情你会突然捕捉到，那样的目光会让你心中打上一个大大的问号，他们微笑后面还有什么？但不可否认，美国有着我们需要学习的地方，特别在高科技领域。

你对当代年轻人的选择怎么看？我问。

吕波说，几代人看法不一样，比如霍裕平那一代老科学家，他们对待科研人员经商，可能看不惯，而年轻人，更加具有包容态度。只要你认为对你自己前途发展有帮助，那你就去做吧。

也正是拥有这样开放的良好心态，所以吕波更加关注他手下几个年轻人的心理状况，他用实际行动告诉这些年轻人，做任何事不能光是凭借经验，一定要依靠制度、文件。他要让这些"90 后"明白，除了干好专业工作，还应该开心，绝对不能在委屈、别扭的心态下做事。

这样的漫谈、交流真是格外舒畅，很快几个小时就过去了。正是吕波这样一批年轻科技人员的成长，让等离子体所充满了青春的活力，也有了深厚、宽广的科技底蕴。

五

1975 年出生的汪正初，比吕波大几岁，毕业于安徽化工学校电器专业。

采访汪正初和吕波，是在同一天，这样一种强烈的对比，让我感到无比欢愉。因为在这个"狭窄、局促"的小岛上，无论你拥有怎样的"学历出身"，都会有一个公正、公平、公开的平台稳稳地出现你的面前，这就是科学岛的最大魅力。

汪正初，一个活出彩儿的安徽池州青年。

我见到他的时候，他正在不大的变电站院落里巡视。他现在身份是变电站运行值班长，在刘琼秋麾下听令。汪正初个子不高，眼睛不大，头发短得要是理发的电推子再压低一点，就成光头了。

汪正初颇有喜感，喜欢笑，说话声音也好听。

变电站在等离子体所起着重要作用，因为这里不仅要保障所里的各项实验用电，而且要保障整个岛上所有研究所以及居民用电安全。

汪正初告诉我，从为保障 EAST 实验建站至今，变电站已经将近两千天运行无事故了，没有任何事故出现，这对于一座庞大的变电站来说，并不是一件容易的事。需要每位员工全神贯注去工作，哪怕稍有闪失，也会酿成大错。

我在变电站的各个工作间走了一圈，发现都是年轻人，从他们年轻稚嫩的脸上可以看出来，都是二十多岁的小伙子。看这些小伙子工作的神情，已经非常老练了，脸上都是镇定自若的表情。就以汪正初为例，当年他走进等离子体所，就是以最快速度掌握了 110 千伏变电站所有设备和综合自动化控制系统的基本原理和操作规程。

变电站规模不断扩大，由当初 84.5 兆伏安发展到现在，已经是 375 兆伏安了，比当初为了 EAST 而建设的测试平台所需要的电力已经大了很多倍。现在等离子体所的变电系统，国内好多"老电力"们都没有见过，安装公司也没有见过，省内外经常有电力系统的专家、技术人员来他们这里学习、取经。托卡马克实验装置的研制，带动了电力系统升级，提升了变电站相关人员的技术水平。托卡马克的"覆盖面"越来越大，真是锻炼了一批精兵强将。

为了满足实验开始后就不能中断的严格要求，这里有三套保护系统，而一般变电站只有一套，可见这里的技术要求有多高！

　　我想起刘琼秋跟我提过，当年 EAST 的"铜排安装"，汪正初也参加了。当时他妻子身怀六甲，因为他每天都要加班，很少回家，妻子的产前检查都是自己一个人去的，可见当时他的工作多么紧张。

　　我问他，为什么要这样干？

　　此前的老同志们都回答过了，我还想知道像汪正初这样的年轻人，是否和老同志们是一样的心态。

　　果不其然，汪正初不假思索地说，因为等离子体所尊重人才，一视同仁，绝没有厚此薄彼。

　　此话怎讲？我看着他的眼睛，继续追问。

　　在等离子体所的采访中，我永远保持一个理念，不想听大话、空话，一定要听不打折扣的真话。只要是夸奖的话，不管是谁，一定要让被采访者拿出真凭实据，没有具体事例，我绝对不会相信。

　　汪正初举例说，我是所里第一届优秀员工，一同当选的其他几个人都是博士，唯独我是普通工人，还是支撑系统的人。那天我与其他人走到台上，我腰挺得直，因为等离子体所营造了一视同仁的平台。

　　在等离子体所就是这样，不管你是哪个部门、不管你是什么学历，一切都要以成绩说话，不会只重视科研部门，不重视技术部门，这种公平原则赢得人心，赢得众人齐心协力的心气。这也能够看出来，一个部门、一个单位，正气是多么重要，只有正气存在，才能做成事情。工作的大环境非常重要。

假如你以为等离子体所天天都是做科研，天天都是上班，天天都是挥汗如雨大干，没有任何娱乐活动，那绝对错了。在等离子体所，唱歌、跳舞、体育锻炼等综合娱乐活动非常丰富，而且有着广泛的群众基础。岛上的足球、篮球、羽毛球等运动都有声有色，其中在 EAST 实验控制大厅对面的羽毛球馆，那是业余时间最热闹的场所。汪正初也是羽毛球积极分子，打得不错，看他身体，虽然不是很壮实，但是从里到外透着劲。

与年轻人交谈，永远充满着乐趣，因为他们会给你不一样的感觉、不一样的信息。汪正初的小孩，小学都快毕业了，可是汪正初讲起单位的事，脸上带着骄傲、自豪神情，甚至还有几分小孩子的童真。因为这种自豪感来自他所在部门的重要性。

汪正初说，全所的电费，一个月要一百多万元，主要是用于科学实验。比如 EAST 开始进入试验阶段后，供电系统立刻进入双电源保护阶段，要 24 小时不间断运行，一天一夜的花费就要 4 万元，这样推算一下，光是用电费用就非常可观。

我从汪正初说这话时的表情就能看出来，为什么那么多的科研人员、技术人员对自己工作特别重视，因为每一时刻的实验都是在花费重金进行，所以每个人永远都会感到肩上责任的重大。

现在科学岛上，大科学装置的前三位排位顺序是，EAST 大装置，其次是强磁场，最后是"核所"，可见他们变电站承担着怎样的重任。

变电站有运行班和维护班，平日都是 4 天一个值班，维护班要是遇到大装置实验，就会全天紧张维护，不敢有丝毫大意。

在变电站大院徜徉，再想到岛上某个角落里废弃的变电所的小房屋，真是感觉一个天上、一个地下，时空转换令人总是疑惑是否在梦境之中。

六

在与徐国盛见面之前，我就已经听说过他。为什么？因为有两件事让徐国盛"提前"进入了我的采访视野。

第一件事，我看了研究院综合处发的一个消息。

2017 年 9 月，首届亚太等离子体物理大会在四川成都举行，这个大会涵盖了中、日、韩、印等亚太地区等离子体物理研究的物理协会，在这次大会上公布的年度"亚太等离子体物理杰出青年科学家奖"获奖名单中，徐国盛研究员是磁约束核聚变研究领域的唯一获奖者。这个奖项是 2016 年设立的，每年都要颁发给亚太地区在等离子体领域做出杰出贡献的青年学者。这个奖项获评难度很大，因为等离子体领域包含面很广，包括基础等离子体、应用等离子体、磁约束聚变、惯性约束聚变、空间等离子体、太阳（天文）等离子体。徐国盛在这个奖项创设的第二年便获奖，可见他多么优秀。

第二件事，我读过一篇为纪念等离子体所 40 周年写的回忆文章，里面提到了徐国盛，作者和徐国盛是同学。在他们同窗的日子里，有一天徐国盛突然回过头，指着刚进来的一位同学，问他，进来的那个同学叫什么名字。据说当时已经开学半年了，徐国盛跟班上其他同学还不认识，可见他把所有精力完全放在了学习上。

这两件事就像"导引"，让我开始走近徐国盛，看看这个"科研怪人"有什么奇特之处。

徐国盛不急不躁，说话很慢，总是保持微笑。

徐国盛告诉我，他来等离子体所已经 18 年了。

我推算了一下，他是在 2000 年来的。他说刚来的时候，条件太差了，暖气还用水盆接，到了冬天屋里跟外面好像区别不大。办公楼也很破，哪里像现在电影里的科研院所那样整洁干净。理想和现实的落差，让这个 1977 年出生的合肥人，有一段时间总是精神恍惚。这些还不要紧，关键是经费短缺，他刚来那年得知全所一年的科研经费好像才二十多万元。

说起往事，这个从小喜欢物理的高度近视的小个子，见证了国家对科研的大力支持，经费逐年上涨，早已是早年经费的数千倍。

国家对科研投入加大，但绝不是没有任何考察就决定加大，一切都是建立在这个课题值得加大投入的基础上。那么这种基础怎么来的，那就要依靠所有人的努力了。

也就是说，这是干出来的。没有拼搏、没有成绩，经费从何而来？国家拨付下来的每一笔经费，都是经过科学预估的。

想起过去的科研经历，徐国盛非常感慨。他回忆说，那时候他们经常加班到深夜甚至通宵，经常在回家的公交车上就睡着了。

因为徐国盛所在的科研小组是负责真空系统的托卡马克边界探针组，只要实验开始，他们就要 24 小时连续运行跟踪监测，就是打盹都不成，必须睁大两眼。那时候，因为经常不睡觉，后来总是失眠，想睡又无法睡了。有一阶段特别艰难，但是没有过不去的"火焰山"，一切都能过去。他们终于克服了许多科研难关，一步、一步走出今天辉煌的前景。

现在徐国盛领导的小组是二级课题组，他的年龄最大，剩下的成员都是"90 后"了。他们就像其他科研小组一样，都是在一种集体荣誉高于一切的氛围中成长起来的。他们这个小组的最大特点就是学生多，都是每年考进来的研究生。这个组在徐国盛的带领下，获得了由共青团中央颁发的"2015—2016 年度青年文明号"。

因为不断有人来找徐国盛，或是不断接到电话，所以我们的交谈时断时续，但中断的话题很容易接上。

比如我们又谈到了"核聚变"和"等离子体"的概念。其实，我对这两个概念也总是一会儿清楚、一会儿糊涂，就请徐国盛用最清晰、最明白的话语来说明一下。

徐国盛憨憨地笑起来，他像辅导小学生一样告诉我，核聚变只是等离子体内容之中的一个小门类。等离子体是一个很大的范畴，比如一些大型广场的户外显示屏幕就用到了等离子体，宇宙里面百分之九十九都是等离子体，还有什么闪电、极光等，也都与等离子体有关。

徐国盛还跟我讲了一件事，让我极为震惊。我有些"天真"地问他，从事核聚变研究，到底对身体有没有伤害？毕竟这是跟"核"有关呀！

徐国盛看着我，厚厚的眼镜片后面，是一双不时眨巴的大眼睛。他眨眼的动作像是一个淘气的孩子，与他胳膊上男性气息浓重的汗毛似乎很不"般配"。

在中国，托卡马克装置除了等离子体所拥有之外，其他从事核聚变的科研机构也有，比如清华大学。那里的托卡马克装置是球形的，当年这个球形托卡马克装置的设计者，为了取得更加真实的测试数据，直接站在装置前面，由于当年技术落后，缺乏基本的保护，后来他因受到辐射的影响，身体出了严重问题。现在等离子体所所取得的测试数据，都是依靠电脑计算得到。

徐国盛为了让我更加明白透彻，带我去大院里，面对面讲解 HT—7 的构造。他站在已经变成展览品的 HT—7 装置面前，像是面对一个情真意切的老朋友。他说，他的许多论文，都是因为参加 HT—7 实验而写就的。没有这个装置，就不可能发表那些有价值的论文。

那会儿，我忽然发现，这位万宝年的研究生，有着与万宝年一样的风格，平稳、成熟。

徐国盛又带我去 EAST 实验控制大厅，告诉我，实验开始时，这里热闹非凡，昼夜灯火辉煌，许多人都是彻夜不眠。他站在大厅，面对蓝色的"天空"，依旧充满感情地说，没有 EAST，他就发表不了那么多有价值的论文。

我喜欢这样边走边聊。许多"出其不意"的问题，都会在移动中出现。

我又问，现在怎么与国外同行联系，据说外国同行不用来中国，就可以跟中国科学家一起进行试验？

徐国盛告诉我，通过视频交流，非常方便。比如与美国同行的合作，半个月一次。美国科学家提出实验方案，然后中美科学家一起在视频的"监督"下，共同完成科学实验。这样省却了许多麻烦，效果一样好。

我们跟他们相比，现在是"并跑"，还是"领跑"？我问。

我喜欢把这个问题抛给我认识的等离子体所的每个人，希望他们都给我答案。

徐国盛说，大体上是"并跑"状态，有些方面已经在"领跑"，这要整体分析，从全局角度来看。

这是一个说话谨慎的人，就像他所从事的科学研究，绝不夸张，实事求是。显然，这也与他的国外经历有关。

徐国盛 2005 年在等离子体所获得自然科学博士学位，后来去了 3 年英国，在英国欧洲联合环装置上做博士后研究。随后，又到核聚变研究同样发达的日本，在日本文部省核融合科学研究所做访问学者。

直到这时我才知道，徐国盛是一个不折不扣的"获奖专业户"。他曾经获得过中国科学院院长特别奖，还是英国皇家学会奖金获得者，为中国物理学在世界占有一席之地做出过特别贡献。

这位从事高温等离子体物理研究的人，生活中却一点都不"高温"，平平稳稳做事，始终微笑说话，看不出来他会不会着急。徐国盛自己也说，他不是一个着急的人。科学研究更不能着急。

徐国盛现在重点进行托卡马克边界等离子体湍流和输运物理的研究。

那么高深的研究项目，在徐国盛平静的微笑中，变得不再那么深奥。一切以科学名义前行，还有什么深奥呢？

七

见到邵世田，是在庆祝等离子体所建所 40 年的座谈会上，在 EAST 实验控制大厅三楼的会议室里。

会议室里都是头发花白的老同志。他们一辈子奋战在等离子体所。如今相聚，都是热情高涨，大家抢着发言，一个话筒根本不够。

我观察到有个人安静地坐在一旁，始终微笑着。

等离子体所办公室主任何友珍悄声告诉我，他叫邵世田，今年 77 岁了。何主任又补充说，上午庆祝大会上发言的优秀校友代表、中国工程院院士汤广福，就是邵世田的女婿。

我和邵世田老人离开热闹的会议室，坐在外边安静的茶歇处。老人头发花白，长得和善、慈祥。

老人告诉我，他是 1974 年 6 月 11 日从一家军工厂来到岛上的，那时候这里还不是等离子体所，还叫受控站。从大山深处的"三线"来到当时极为荒凉的董铺岛，邵世田倒是没有什么不适应，都是一样的工作氛围。

对于过去的一切，老人记得特别清楚，比如报到的日期，比如当时的总体组负责人张修泰，还有一起从受控站派往工厂的技术员康亚夫、聂玉线。

老人不假思索就能回忆起许多往事，证明过去的日子对于他来讲，那是多么深刻、难忘。

那时候所领导邱励俭、郭文康等，经常到工厂去，检查装置的情况。为了诊断探针的安装，当时的所长谢纪康有一天午夜时分赶到厂里，把大家吓一跳，以为出了什么大事。还有许家治、周丁法，为了绕制纵场线圈，长期待在工厂加班，神情都变得木木呆呆，那是长久工作没有休息的表现。

说起过去的科研，老人如数家珍，刀刻一般清晰，就像是昨天发生的事一样。

邵世田当年在工厂车间待了半年，完成了模拟部件的加工和总装。那半年让邵世田印象深刻。他记得，铜壳和中心孔，根本不具备加工条件，但是车间工人师傅凭借过硬技术，在简陋设备下竟然完成了加工。现在提倡工匠精神，老人大力赞颂，当年科研人员和技术人员就是心中装着工匠精神，才走过那段艰难岁月、创造辉煌的。

邵世田还记得，装置底盘的加工也是一个艰难的挑战。因为底盘是不锈钢蜂窝状的结构，工厂不能加工，便委托合肥化机厂加工。但是化机厂缺少氧气，不能切割钢板，邵世田和王蕙荣还有一位姓顾的师傅，3 个人用平板车硬是把 4 个钢氮气瓶从 3 千米外的江淮厂推到了化机厂。那时候已经是 10 月份了，十几个老师傅分成两个班，24 小时轮流转，夜餐就是 4 个包子、一碗汤，哪有什么奖金、补贴呀。大家就是一门心思，一定要把装置早日建好，早日进行试验。

还有铜壳、加热场、垂直场、真空室的组装，要在足够绝缘强度上进行，可是兆欧表摆来摆去，总是不能呈现可以组装的条件，多少次试装、多少次失败，后来经过努力，终于成功——1974 年 12 月 14 日凌晨 5 点，总装终于完成，运至大厅就位。

1974 年 12 月 26 日托卡马克装置的放电成功，正式宣告了等离子体所第一个托卡马克装置的顺利建成。

老人对时间、地点、人物、背景等的记忆至今深刻。甚至老人回忆往事的话语，也带着那个时代的鲜明特征。他说，向毛主席诞辰献上厚礼，也献出了受控站全体人员的颗颗红心。

回忆过去，邵世田感慨万千。他说那时候人们没有一句牢骚话，就是干，除了干好工作，其他不想。

邵世田后来做了等离子体所的办公室主任，经历了三任所长——霍裕平、万元熙、李建刚。李建刚上任的时候，邵世田也到了退休的年龄。可是李建刚挽留他，他又多干了四个多月。

邵世田还讲了一个细节，让我非常感兴趣。

邵世田退休前，李建刚依依不舍，自己掏钱请老人吃了一顿饭，还请老人打了一次保龄球。想到那顿晚饭和打保龄球的经历，老人感慨不已，说那是他人生第一场也是至今唯一一次打保龄球。

通过这个细节，可以看出来李建刚是一个颇有人情味的领导，再联想到吕波、项农他们在美国见到李建刚穿唐装与他们见面"劝回"的情景。我感觉至今没有见面、只在视频上见过的李建刚，真是一个颇有性格的人。

与邵世田的聊天有些匆忙，因为老同志座谈会已经结束，老人们马上就要乘坐大巴去吃午饭了，所以交谈只能到此为止。

这么快？邵世田说，还有很多话要说。

我说，那就再找时间登门拜访。

邵世田似乎不相信，问我，你还再来吗？

我点点头。

坐满退休老人的大巴开走了，我能感觉到老人们依依不舍的目光。是的，他们有太多的话要说。

关于等离子体所的话题，怎么能一下子说完？整整四十年了，可讲述的事情太多了。

八

为了更加深入呈现等离子体所 40 年走过的科研历程，研究院综合处组织了一次征文活动，让人们通过文字来展现研究所 40 年来的科研生活，回忆那段难忘的日子。

在科学岛上那段时间，我曾经翻阅过大量回忆文章，这些文字真实、客观，字里行间带着温度、带着感情，表现了科研人员内心丰沛的情感。

我选择了几篇回忆文章。这些文章比较有代表性，文章作者分别在 20 世纪 70 年代、80 年代还有 21 世纪初来到等离子体所。我们看看不同年代的科研人员的不同感受，也可以从一个侧面了解等离子体所的历史风貌。

我没有见过他们本人，无法描述他们的容貌，无法写出他们的表情，但相信读者能从他们的字里行间感受到。

先看第一个自述吧。

毛剑珊，研究员，1973 年来到董铺岛。

当时听人讲，合肥有个董铺岛。说是那里要建一个受控热核聚变实验装置，需要大量物理研究人才。我们这些"文革"时期毕业的大学生、研究生，最大的愿望就是专业对口，哪管什么工作条件、生活条件？只要专业对口，就是去遥远的"三线"，也是背起行囊，说走就走。不考虑生活是否方便，不考虑远近，不考虑待遇，这就是那时候我们真实的想法。

当时岛上的条件真叫艰苦，一个星期买一次菜，半个月买一次粮，即使家在合肥，也只能周末回家，大家平时都住在岛上。没有抱怨的，都在快乐地坚持。那么科研呢？都是白手起家，一个做实验的铁架子，甚至做实验的仪器，都需要自己动手来做。记得我来岛上第一件事，练习蹬三轮车，所有设备和器材，都靠三轮车拉。现在新来的大学生，恐怕想不到吧？

那时候，我们这批人大多数刚有小孩，孩子都不大，也就是三四岁吧。为了加班、为了孩子有人照顾，下班后大家把孩子集中起来，家长轮流照顾。还有的父母，干脆把小孩子送回老家，这样能够清爽干工作。

为了看外文资料，能够与外国同行顺畅交流，我们全都利用业余时间自学英语。你们看过电影《庐山恋》吗，那个清晨在树林里学英语的女孩，我们也是那样子的。水波上飞跃着英文声，现在想起来依旧激动。

岛上条件艰苦，许多人有机会离开，可以去北京、上海，可是所里要求我们留下来，我们就全都留下来了。就那么简单，一切行动听指挥。那会儿我们脑子里就是科研、就是核聚变试验、研究，什么工资、奖金、生活条件、前途这些东西统统没想过。

沈慰慈，20世纪80年代来到等离子体所。

36年前也就是1982年，我来到等离子体所。那个时候，微波加热研究室正好成立。那会儿我刚刚走出校门，见证了微波加热研究室、也就是十室的成长历程。

当时，十室有4个课题组：电子回旋、离子回旋、低杂波和微波测量。在这4个课题组中，电子回旋组技术力量最强，有方瑜德、詹如娟、陈世贤等一批科研骨干，后来由于种种原因，电子回旋"下马"。

我还记得这样一件事，那是在1997年吧，美国得克萨斯州聚变研究中心赠送给等离子体所ECRH设备，电子回旋共振加热组在刘宝华、方瑜德研究员的主持下，又重新开始组建。

当时的离子回旋组和低杂波组同处创业初期，在王兆申、姜同文、刘岳修等人的共同努力下，课题组从无到有逐渐发展起来，同时还不断地注入新生力量，年轻一代逐渐成长。很快当时的匡光力、赵燕平等当年十室的研究生，成长为学科带头人，再后来匡光力还成为研究院的院长，并且还是强磁场的主要发起人。

离子回旋组和低杂波组还承担了国家"863"重点科研计划，

先后建立起了脉冲离子回旋系统等。

回想当初在 HT—6B 上做低杂波电流驱动实验，实验条件十分艰苦，由于缺少完善的防护措施，一天实验下来，所有人都感到十分疲惫，甚至躺下就想睡觉，眼皮都睁不开。当时以为是累的，谁也没有意识到这是过量微波泄漏造成的，直到实验结束，大家才去医院集体检查，这才吓一跳，原本年轻力壮的小伙子，白细胞已经降到正常值以下。

就是在这样令人"恐慌"的条件下，HT—6B 上的低杂波系统与实验分获中国科学院科技成果二、三等奖，加热实验也取得了非常好的成果。还有 HT—6B 上的离子回旋加热实验，也是历经艰难险阻，因为什么呢？装置本身磁场低、装置小，加上大家缺乏经验，几年下来实验进展艰难。

再后来，几个小组通力合作，首先从室壁处理开始，先后发展了辉光、泰勒以及硼化技术，终于将 400 千瓦的功率注入等离子体，HT—6M 上的离子回旋加热实验获中国科学院科技成果二等奖。

当然，不能不说 HT—7 的实验，波系统发挥了重要作用。离子回旋课题在 HT—7 装置上，首创了利用离子回旋波放电壁处理技术，对改善托卡马克第一壁状态起到了关键作用。

什么是第一壁状态？它包括第一壁处理、镀膜、返流控制等一整套办法。这一技术，后来发展成为 HT—7 托卡马克实验中必不可少的常规实验手段。同时在离子伯恩斯坦波加热研究中，也有了突破性的进展，引起了国际同行的关注。

我还记得，在 2000 年的 9 月，专家组对等离子体所承担的"863"课题——HT—7 准稳态下的改善约束实验和兆瓦级脉冲低杂波系统单元技术，进行了"九五"验收，对课题的硬件研制项目——兆瓦级长脉冲低杂波系统进行了现场测试，结果令在场的专家感到非常满意，大呼没有想到这样完美。

想起过去一件一件的科学实验，哪一项实验不是在极其艰难的情况下实现的？从无到有，就那么一步一步走过来了。这些重大综合实验结果，标志着等离子体所逐步走上了国际舞台，进入到了世界磁约束核聚变的研究前列。

也正是这些实验的成功，一批又一批的研究生，从等离子体所走上了世界舞台，好多人都成为著名的科学家。

王亮，2009 年来到等离子体所。这是一篇较长的回忆文字，可以看出来，王亮对于自己科研历程的重视。

我是 2004 年开始读研究生的，第一次系统地接受了等离子体专业的教育，那时候我没有想到自己会跟聚变结缘。我是中国科学技术大学毕业生，等离子体所的研究生在中国科学技术大学代培。当时感觉核聚变非常神秘，我在学校的时候，就知道了闻名遐迩的 EAST，但我觉得离它很远。上学时我天天看书，还没走近托卡马克，但已经在心里对其异常熟悉了。

　　2008 年的夏天，中国科学技术大学承办第二届全国等离子体暑期学校，主要方向就是核聚变。我读研时的方向，也是低温等离子体。由于想要拓展自己的知识面，我就报名参加了。

　　那年暑期学校，授课老师如今都是聚变领域的"大咖"。比如李建刚、万宝年。记得，李老师当时授课主题，是宏观上介绍 EAST 进展和成果。万老师授课题目，我至今还清晰记得，叫"约束与输运"。还有一天，特地安排我们参观等离子体所的 EAST。当时接待我们的是六室主任高翔研究员。

　　那次参观，是我第二次踏上科学岛。第一次，稍微早一些，是 2006 年。

　　2009 年春天，我终于再一次踏上科学岛，这一次不是参观，而是参加所里安排的答辩。那时的李建刚已经是所长，他问了我一个英文问题，还有一个生活问题。书记张晓东老师，问了一个关于保密的问题。

　　过了一段时间，大概一个月吧，当时综合办副主任也就是现在的主任何友珍老师，给我打来电话，说我被录取了。

　　之后，便是毕业的各种忙碌。有一个日子，我是不能忘记的。6 月 25 日，我正式到六室的 EAST 边界诊断组报到。所里还给我安排住在研究生公寓。具体房号记不清了，房间是阳面，冬暖夏凉。

　　我特别激动，第二天花了 50 元从街边上租了一辆皮卡，将我全部家当运到研究生公寓，然后又返回学校。晚上，燥热了一天的夜空繁星点点，凉风习习。我和同日入所的同事胡友俊，把我们俩的"座驾"——自行车运回来。哈哈，运回来？其实是骑回来！我们俩沿着黄山路、天柱路、长江西路、科学岛路，一路骑到了科学岛。

将近十年过去了，我还记得那天晚上的情形。我们俩骑得很慢，骑了应该有两个多小时吧。一路上都在聊天，没有爱情、没有玩耍，只有工作，只有核聚变、等离子体所。我们俩对未来充满了憧憬。到了南大桥，我们下车，歇一会，看见还有人在水边钓鱼。现在想起来，那个夜晚水面的情境，我还记得清楚，水面上好像闪跳着数不清的亮晶晶的星光。

刚进所里的日子，真是简单，又有些单调，但更多的是迷茫，不知道该怎样才能融入这个科学团队中。当时的 EAST 正在维护改造阶段，我接手偏滤器探针诊断。也就在这段时间，开始与 EAST 亲密接触了。

我工作的大部分时间都在晚上，都是和大、小厂的工人们一起，他们的敬业让我感动。特别是大厂的马林师傅，给了我很多帮助。在这段时间，我还认识了一室的高大明老师，他是 EAST 建设阶段的元老之一，现在已经退休了。还有宋云涛研究员，当时是一室的主任，现在是副所长。这些人经常钻进装置里，查看技术问题。他们的身影，给我留下了很深印象。

那会儿我总爱去 4 号楼的办公室，读托卡马克的文献。然后还在二楼实验室，当然有时也要钻进 EAST 里面，一边拆、组探针，一边想些问题。

还有一件事，也让我记忆深刻。HT—7 开始实验，时任六室主任高翔老师，从美国短期访问回来。他要求六室全体人员，参照美国一个装置的运行模式，每人至少要提一个 HT—7 实验提案。可我呢？苦思冥想了一个多礼拜，也没有想到一个合适的方案。

转眼到了 2010 年，徐国盛研究员从英国卡拉姆实验室完成博士学业后回国。他和我邻桌，担任边界诊断组的组长。他还有个外号，叫"科研达人"。

这年春天，好像 EAST 实验并没有获得更好的实验结果，印象中只留下控制室熬夜实验的场景。运行负责人龚先祖老师总是爱在总控那排桌子前低头踱步，还有他对事不对人的发火。七室主任肖炳甲带着几个人做控制测试，做不下去了，走了，过一会儿，又回来接着做。

转眼之间，又到了下半年的秋季实验。

控制室里经常能在晚上 11 点左右见到李建刚、万宝年、张晓东几个所领导。在夜晚的灯光下，看着他们疲惫而又精神的身影，我终于明白了等离子体所不断走向辉煌的缘由。

再后来，经过一段时间的探索，EAST 终于实现了第一炮 H 模。所有人都兴奋得脸膛通红。我当时坐在控制室最后一排，万宝年所长走过来，向各诊断组确认最后信息。他让我把探针信号和另一组信号作对比……就在这时，出事了，我的笔记本电脑死机了！幸亏旁边的诊断好了，否则可就耽误事了。那次实验，同时实现了 100 秒和 1 兆安电流放电。这是两大突破呀！

那一年，我还参加了在桂林举办的一次国际会议，那是我第一次参加国际会议，并上台做了英文报告。实验结束后，我去了日本核融合科学研究所，访问了 10 天，见识了他们的大螺旋装置，还有他们的组织系统，以及日本人的勤奋和认真。

2011 年，是我比较重要的一年。春节之后，我和几个同事被所里派往美国，在普林斯顿大学等离子体物理实验室访问学习，为期半年。这是不寻常的半年，我清楚了美国科学家讨论问题的开放性，也看到了美国实验设备也出现问题，很久没有恢复实验，可以洞见聚变工程的难度。后来我回国，开始准备 2012 年的春季物理实验。

那段时间是"千人计划"开展期间，郭后扬老师频繁回国，他是偏滤器物理的国际权威，给了我细心的指导，我开始慢慢熟悉了托卡马克偏滤器物理，诊断硬件方面得到了胡立群老师的指导和帮助，我也开始逐渐融入了 EAST 团队。

记得 2012 年的春季实验并不顺利，春节刚过，装置内部漏水，几乎每个人表情都很沉重。记得真空室负责人胡建生面色凝重，拎着一个水桶，里面都是涡轮分子泵叶轮的碎片。就在这时，李建刚从美国参加会议回来了，他稳住大家情绪，给出解决问题的思路，问题很快解决了。大家都记得口才很好的李建刚，其实还有一句口头语"这都不是事"。他还带来一个好消息，美国能源部将中国的 EAST 装置列为国际最优先级的聚变合作对象。这使得 EAST 国际地位有了很大的提高。

后来这次实验也取得了很好的结果，创下了 32 秒 H 模和 400 秒 L 模偏滤器等离子体的两项世界纪录，一下子把等离子体所和 EAST 推向了国际聚变的前沿。

等离子体所在发展、EAST 在发展，我也在变化、进步。我评上了副研究员，然后腾出了所里的公寓，搬到了岛外。后来申请了第一个磁约束核聚变能专项课题，获批了 840 万经费。

不要以为申请经费容易，更不要以为申请完了就完事，其中还需要许多手续。在这里正好告诉不晓得情况的"局外人"。要让大家知道，每一笔实验费用，都需要严谨的考证、落实，没有一点马虎的地方。

项目申报时，所里主管科技部项目申报的是陈俊凌老师，他当时是计财办副主任，现在已经是主任了。他协调所里关于这个项目的组织、合作、申请书和答辩把关，帮我进行精准的财务预算，过后还要一遍遍审核。帮助审核的还有黄素贞、刘英、唐莉等老师。

那次申报，终于让我明白，在等离子体所，除了科学家、工程技术人员，还有那么多在背后默默无闻做工作的人，他们出的力一点儿都不少，他们同样是不可或缺的重要人员。

2013 年的春天，我当了父亲。这是我生命旅程中重要一站。

托卡马克实验一般是在春天和秋天进行，所以每个春天都是忙碌的，每个秋天都有收获。这是等离子体所带给我的。

有了小孩的那段时间，也正是我工作最为忙碌的时候，由我负责的偏滤器探针诊断也在同步升级，那时候我基本上是在早上 7 点以前到单位，由此认识了那么多早来晚走的身影，他们看上去非常疲惫，但并不厌烦。

也就在这一年，所里又推荐我代表 EAST 团队到韩国参加亚太聚变国际会议，并且还做综述报告。

再说一说 2014 年吧。我为什么要用流水账的方式给大家讲我的故事？因为在等离子体所每年都有巨大的变化，每年都有不同的故事发生，所以我不想遗漏下任何年份。那样的话，我会不安的。

这一年，等离子体所的超导托卡马克团队荣获 2013 年度的国家科技进步创新团队奖。这是继 2008 年之后，等离子体所再次问鼎国家科技进步一等奖。在这一年，升级改造后的 EAST 再次闪亮登场——世界上第一个水冷钨铜偏滤器投入使用，新的低杂波上岗，还有新型线圈就位，再有其他领域的低温、控制、电源等子系统也完成升级。

还是在这一年，我在外地的一次报告会上，见到了大名鼎鼎的霍裕平院士。他对我的报告给予肯定，但也提出不足。他特别关注等离子体所的情况，还让我把他的一些想法和建议带给李建刚、万宝年两位所长。我能感觉出来，只要在等离子体所待过的人，不管身居怎样高位，也不管走到哪里，都会依旧关心等离子体所。我能感觉出来，这是一个让人依依不舍的团队。

还是在这一年，在美国的一个实验装置上，我主持了其中一个偏滤器实验，并且取得了成功。这也是我第一次在国外装置上做我们自己的实验。

2015 年，我在这一年晋升正高职称，随后去了美国通用原子能公司做短期访问，这项工作主要是分析处理一些联合实验数据，同时也见证了中美联合聚变实验室揭牌。

转过年来，世界聚变大会在日本召开，万元熙、李建刚、张晓东、宋云涛、傅鹏率领我们所的 17 位同事参加。万元熙院士做了重要报告，这位当年已经 77 岁的老人，用自信、激情、飞扬的语调，做了精彩的问题回答，赢得全场经久不息的掌声。

最后再说一说 2017 年吧。你们可不要嫌我啰唆，我就是有许多话要说。

这一年，更是让人难以忘怀。EAST 实现了稳定的百秒稳态长脉冲放电，成为了世界上第一个实现稳态放电运行持续时间超过百秒的托卡马克装置。

我的个人命运在这一年有了显著的变化。受所里推荐，我又承担了发改委国家重大科技基础设施"十三五"建设项目"聚变堆主机关键系统综合研究设施"的申报工作。全所上下，一起努力，终于拿下了这个项目，成为首个落户合肥的综合性国家科学中心的大科学装置项目。这个项目的位置就在科学岛新区，这是等离子体所的里程碑事件，从某种意义上来说，科学

岛 "变大"了，不再是小岛，而是大岛。

我是不是说得太多了？反正心里有许多话要说，今天就到这里吧。我想最后再用我们等离子体所的"所训"结尾——"甘于奉献、团结协作、锐意进取、争创一流"。

第六章　核聚变外交，还有我们的"堆"

Chapter Six

一

在前面章节中曾提到过 ITER。你还记得吗？假如忘记了，没关系，再说一下。这是一个关于核聚变研究、关于托卡马克装置的全球合作组织。ITER 的名字来源于 4 个英文单词的首字母，这 4 个单词的中文意思是：国际、热核、实验、堆。

核聚变研究的终极目标很简单，就是要满足未来高效、紧凑、稳态运行的商业堆的需求，开发清洁的、没有危害的能源。

再让我们回顾 ITER 的诞生过程。

1985 年，苏联领导人戈尔巴乔夫和美国总统里根在日内瓦峰会上倡议，由美国、苏联、欧洲、日本共同启动 ITER 计划。这个合作计划的目标，就是建造一个可以自动持续燃烧的托卡马克核聚变实验堆，以便共同对未来聚变示范堆、商用聚变堆的物理和工程问题做深入探索。

中国是 2006 年加入这个国际性合作组织的，如今 ITER 由 7 方组成，除了中国之外，还有欧盟、日本、韩国、印度、俄罗斯和美国。之前，美国曾经退出过这个国际组织，后来又重新加入。

ITER 是目前全球规模最大、影响最深远的国际科研合作项目之一，在这里集成了国际上受控磁约束核聚变的主要科学技术成果。

关于ITER，等离子体所的许多科研人员都有着切身的感受，他们或是曾经在这里工作过，或是曾经与国外同行有过密切的接触，或是有着对这个组织诸多的看法。

二

当我见到这个鬓角头发把耳朵盖住的人时，心里第一感受是，他是一个冷冰冰的人。他不爱笑，第一次见到陌生人，也没有太多的客套，也没有任何寒暄，似乎在想着什么事，一件很重要的事情，以至于不愿意从自己的思考中抽身出来。

这个人名字也很容易记——项农。

项农个子不高，但非常强壮，即使有衬衫覆盖，也依然能够看出来他拥有强劲的肌肉。他眉毛很浓，充满男人的气魄。把他推到拳击场上，也不会有人怀疑他的拳击手身份。

他问我喝茶吗。这与其他人问话不一样。一般情况下，都是问"喝水吗"，他却问的是"喝茶吗"。从这样微小的细节里能够读出来一种信息，他是一个严谨的人。"水"和"茶水"分得很清，绝不笼统表述。

这个 1964 年出生的人，在等离子体所已经算是"老同志"了，在见到他之前，同所有被采访者一样，我都要仔细看对方的简历。

从项农那份长长的简历中，能够看出来他有着很长时间的国外学习和工作经历。

项农现在的身份是等离子体理论和模拟研究室主任，中国科学院磁约束聚变理论中心副主任，中国科技大学双聘教授。当然，他还是等离子体所的研究员、博士生导师。

其实，只要看看他的履历，就能看出来，这位 1981 年毕业于中国科技大学近代物理系的高才生，有很多年是在国外学习、工作的。从 1994 年开始到 2010 年，他先后在法国、美国等国家的著名学府，或攻读博士学位，或做访问学者，或从事科研工作。因此他有着丰富的国外工作经验。

项农回国后，加入了中国科学院的"百人计划"，在国外期刊和主要国际会议上先后发表论文四十多篇。现在除了主持部门工作外，还主持科技部国际热核聚变实验堆（ITER）计划专项、中国科学院"十三五"培育项目、国家自然科学基金项目等多项科研项目。

我特别想让他讲一讲在国外工作的情况，这对于表达 ITER 这个话题，或者说比较深入地理解这个话题，肯定会有很大的帮助。于是，我的聊天便显得"目的性"很强，不断把话题引向国外。

项农说，他刚来到等离子体所时，托卡马克还是一个很小的"家伙"，不像现在的"大家伙"EAST。那时候，等离子体所在托卡马克这个话题上，还没有形成让世界同行钦佩的理论，也没有更好的实验设备。

后来，项农就去了国外。

到了美国之后，项农对科研部门有了更深入的了解，尤其是对于培养后备人才体系有了更深刻的感受。当时他在与国外同行切磋、交流时，能感到国外明显的不同。那时候中国主要还是论资排辈，哪怕你有再大的本事，也要慢慢来，不太可能冒尖。可是国外科研领域不这样，他们分成两支队伍，一支队伍做技术，一支队伍做实验。只要你有能力、有成绩，你就可以冲在前面。

项农望着桌上的水杯，好像陷入了无尽的沉思。过了一会儿他接着讲，过去到国外开会、参加论坛，很少看到中国人，后来情况开始好转。

什么时候开始好转的？我问。

项农说，应该从 2007 年开始吧，开始几年去的中国人还只是参加会议，后来开始做报告了，情况大有改观。其实参加国际会议，也是有着不同的情况，起先我们没有钱去，后来有钱可以去了，但是不能做报告。再到后来，人家花钱请我们去，不仅花钱请我们，还要让我们做报告，有时还是压轴的重要报告。国外媒体、同行对我们的态度也发生了变化，以前是看不起我们，后来特别服气了。我记得有一次国际会议，日本与会代表几十人，韩国几个人，美国人一百多人。你猜一猜，中国去了多少人？也是一百多人，跟美国不相上下，远远把日本、韩国甩在后面。

这是了不起的成绩。

我对项农的介绍特别感慨，他也感慨起来，似乎也不再那么严肃，脸上也有了笑容。他笑着说，过去年轻人抢着出国，现在不一样了，好多人不愿意出去了。因为中国的核聚变研究已经有了世界先进水平，既然先进的东西就在自己国家，就在自己身边，研究人员为什么还要出去呢？

我们终于聊到了"堆"——中国的"堆"。

什么是"堆"？简单讲，"堆"已不再是托卡马克装置，因为装置再大，它也仅是供实验所用，而"堆"就不一样了，"堆"朝着商用设施又近了一步。中国的"堆"也有代号，即CFETR。

现在的状况是这样的：等离子体所已经完成了CFETR的总体工程概念设计方案，正在开展关键部件的研究工作。在"十三五"后期，我们将要开始独立建设20万千瓦至100万千瓦的聚变工程实验堆，预计将在2030年前后建成CFETR。这个设施建成后，中国将实现利用核聚变发电，实现能源领域的跨越式发展。这是一项激动人心的规划。也是一项人类不断挑战自我的规划。

我与项农告别。

离开他安静无比的办公室。

那天出奇的热，正是下午三点多钟，太阳高照，没有风，树叶一动不动。小岛上格外清静，几乎看不见人。这座安静的小岛，如今只有早上、傍晚上下班时段才会热闹，其他时段都陷入巨大的沉静。人需要安静，尤其从事科研项目的人，更应该把自己置于沉静之地。

项农，让我看到了沉静，还有某种散淡的风尚。

三

黄懿赟，名字笔画那么多，不好记，但只要见到他本人，就立刻能记下来。因为他具有非常明显的特征，比如身材魁梧，比如皮肤黧黑，比如个子不高。他是浙江上虞人，母亲是安徽人，从小在安徽长大。在他身上已经寻觅不到传统印象中所谓的江南人特征，他更像北方大汉，有着北方的粗犷与豪放，有着北方人的精神状态。

我走进黄懿赟办公室的时候，他正在向一名年轻人讲着什么，当然是工作上的事。年轻人很是谦虚，不住地点头称是。

过了一会儿，年轻人走了，我问他，才知道，不是同事，是他学生。黄懿赟现在是第二研究室的执行主任，这个室是电源与控制工程研究室。他带了好多学生，大概二十多个，不管是工作日还是公休日，总会有学生来请教问题，他白天基本无法正常工作。

为什么带这么多学生？原因倒是简单，因为他的另一个身份是中国科技大学研究生院下属的科学岛分院导师。

那你还有时间工作吗——你自己的工作？我颇为不解。

黄懿赟说，我自己的工作主要集中在晚上来做。一般从晚上 10 点钟开始，到凌晨 3 点结束。

长此以往，身子能承受吗？我疑惑，也担心。

黄懿赟说，现在还可以。

黄懿赟有话直讲，不躲闪，也不需要循序渐进。

现在回首，黄懿赟的科研之路可谓是比较顺利的。他刚来岛上的时候，也不像早期前辈那样面临诸多困难。他住的是单间，还有卫生间，比岛上最初的艰苦日子不知强了多少。他的博士生导师是匡光力，现在的研究院院长。他也曾是李建刚任等离子体所所长时期大力提倡“破格提拔人才”阶段评上的副研究员，为他日后成为专业骨干，打下了牢固的基础。

黄懿赟也有着很长时间国外工作的经历。

他 1996 年毕业于安徽大学工业自动化专业，随后来到科学岛上的等离子体所工作，在电源与控制研究室之前，曾在微波工程研究室短暂工作过。他曾经前往德国做访问学者，承担过设计工作，长期与俄、美、德、法等国的科学家共事，当然主要还是电源技术领域，他也曾经为俄罗斯某个科研项目做过服务，用他的话说，那是他第一次做乙方。后来黄懿赟回国，紧接着又马不停蹄地投入 EAST 的工作中。

黄懿赟的国外工作经历，是我特别关注的话题。不管是否直接涉及 ITER，只要与国外科技人员、科技机构有关联，我都想知道。通过诸多生活工作画面，也能大致猜想出来中国科学家在 ITER 合作时的画面。

我们为什么能在这么短时间里，让科技实力有了如此大的提高？为什么能够实现"弯道超车"？

用黄懿赟的话来说，中国人有着不服输的精神，有着不要命的精神。就拿工作时间来说吧，中国科学家的工作时间，可以说是世界上最长的。仅用黄懿赟自己工作时间来计算，就是最好的例子。

黄懿赟现在每星期的工作时间是 70 到 80 个小时，甚至有时候能到 90 个小时。可是外国同行呢？譬如在法国，科研人员每星期的工作时间是 35 个小时，意味着每年同样都是 365 天，我们硬是多"挤"出来半年的时间。更不要提节假日了，中国科学家很少休年假，节假日都是我们"弯道超车"的时间。不仅是法国这样的国家，其实整个欧盟国家都不适合"国际团队"合作，他们每年 5 月到 7 月、10 月到 12 月这将近半年时间都是假期，只要到了他们的假期，合作也就中断了，因为你找不着人，不仅电话、传真找不着人，就是邮件也可能没有人给你回。相比欧盟国家科研人员，我们中国科研人员一年的科研时间是他们的好几倍。我不禁感叹，怎么会跑不过他们呢？不"领跑"那才怪呢！

黄懿赟见我不住感慨，他反而平静下来，用反思一样的语气继续说，可话要两头说，我们发展是快，可有的地方也正是由于太快了，有些项目虽然领先了，但是我们水平又不是很牢固。这是需要我们认真对待、反思的地方。不应该盲目欢喜，也不应该过度自卑，一定要正确对待。

黄懿赟是一个敢说话的人，但都是经过深刻思考才说。所以只要有机会，我就会大胆询问，他也是实话实说，真诚对答，显示了一个知识分子的豁达。

我问他，在这样一个知识分子扎堆的地方，人与人之间会不会不好相处，是否存在文人相轻的情况？

他说过去项目少，科研人员多，可能存在相互竞争的情况，现在等离子体所有那么多的科研项目，谁有本事就谁干呗，人手还不够呢。而且所领导也都是专业人士，他们营造了一种良好的学术氛围，所有的争论都围绕学术展开，所以基本不存在人事纷争。

你参加过科学家报告会或是研讨会吗？黄懿赟问我。

我摇摇头。

黄懿赟说，不要以为科学家文质彬彬，其实科学家骨子里多有"愤青"的性格，说话也是"野蛮"的方式，他们不留情面，你说得不对，学术观点不一样，肯定"抨击"你！

我惊讶。

黄懿赟继续说，霍裕平……知道吧？他是不给人情面的，在学术观点上更是不讲情面，但不管是赞成他的人，还是反对他的人，都有一点共识，都会承认他是科学家，真正的科学家。

黄懿赟站起来，说，科学家不能婉转，就要一是一、二是二，科学家都变得婉转了，那还搞什么科研？别人错了，你也不讲，不好意思讲，那对吗？那样的话，会带来多少科研经费的损失？

我被黄懿赟说得有些激动，眼前出现许多不曾经历过的画面。

黄懿赟接着说，在科学家的心中，什么都能做，否则还没做，你就说做不了，那还要科学干什么？宇宙飞船造出来之前，谁相信人能上月球？但是科学家相信，所以科学家造出了飞船。只有相信不可能的事，它才能变成可能。

我赞同黄懿赟的观点。

他感慨起来，现在民间有一种声音，认为核聚变花钱太多，什么时候才能民用？不如把这钱多建几所"希望小学"。多建学校，这没错，但是不能跟核聚变研究比，这是个伪命题。其实中国在科技上花的钱太少了，比日本少，比美国就更少了。正是因为中国还有核聚变研究，所以这批科学人才，才能凝聚起来，一旦不搞了，散了，想要重新聚拢起这批人才，那可就难上加难了。现在大趋势，不应该压缩项目，更不应该压缩经费。

与黄懿赟的交谈，你永远都会感到热血沸腾，感觉好像有一条宽阔的跑道正在眼前呈现……

四

在采访安排中，有的人的采访是要一分为二进行的，因此他们的故事也要一分为二进行书写。因为，他们的经历一半在等离子体所，一半是在国外，这样把他们的故事分在两个部分里呈现，就可以更清晰表达。

譬如，姚达毛。

我在前面章节写过姚达毛，但在这一节里，主要写他国外的经历。姚达毛讲了许多具体的细节。

主要研究方向是偏滤器的姚达毛，曾经在意大利工作过 2 年，还在 ITER 工作过 4 年。他是我的采访对象中，在 ITER 这个国际聚变组织工作时间最长的科研人员。

ITER 在法国，世界各国的科学家、工程技术人员云集在此。每个人所受的文化教育、工作方式和处事态度都不一样，如何在这个复杂的大家庭中工作、相处，对中国科学家来说也是一个考验。

姚达毛表示，我们首先要学习他们的先进管理经验，比如他们非常重视质量管理，非常注重文件归纳整理。

我不明白，"文件"是什么含义？

姚达毛解释说，在科研中，无论什么事情，大大小小的事，他们都要形成文件，用文件来"约束"工作。不管这件事曾经多么熟悉，甚至可以闭着眼睛来做，也要形成文件，按照规定的步骤去做。在这方面，我们好像更加"潇洒"一点，许多工作步骤、环节是没有形成文件的。我们认为过于烦琐，没有必要。通过与西方科学家接触，在一起工作，许多中国人改变了过去的看法，大家最后一致认为，科学来不得半点随意，必须用文字（也就是西方科学界所讲的文件）写下来，使所有环节都有据可查。

还有就是"采购包"这件事，要再多说几句。在 ITER 实验进程中，需要采购很多设备、部件等，会向所有能够生产的国家进行招标采购，不管哪个国家要想拿到采购份额，都要拿出非常具体的方案，经过集体投票后确定，整个过程非常严格。这些年中国拿下了不少采购包，让世界领略到了中国技术、中国制造的科学魅力。

这不是好事吗？我在等离子体所采访时，这个问题是提得最多的。

姚达毛非常认真，说，我们在"时间"这个问题上，做得似乎不够科学。我们总是"赶进度"，总是"争分夺秒"。其实这样对待时间的态度在科学领域并不科学。在这方面，我们吃过亏，有过教训，但现在还没有足够重视。

这个问题不认真对待，不认真解决，我们肯定会陷进"泥坑"里，到那时可就晚了。姚达毛严肃地说。

我与姚达毛的交谈非常愉快，他身上科研人员的气质非常浓烈，有什么说什么，没有虚伪的东西，大大方方，非常坦荡。其实在与等离子体所的其他科研人员交流时，也是这种情况。因为他们把所有的精力、思考都放在了工作上。

我特别喜欢听他们与世界各国同行在一起时的"小故事"，这些"小故事"比科学研究上的那些"大故事"更有意思，更能体味别样的情感。

他接着说，来自世界各国的科学家们，有一个场合是他们交流最为频繁的，那就是餐厅。大家一边吃饭，一边聊天。有人计算过，世界上最大的国际科学合作组织原来是国际空间站，现在应该是 ITER。国际空间站的资金投入，现在和最初设计的比下来，已经超出了一百倍。那么 ITER 呢？最初估算是一百亿欧元，现在看来，要远远超出这个数字。核聚变的研究，从装置到堆，的确是一件不容易的事情，最初预估完成时间是 2016 年，后来又预估将要延长到 2019 年，不过现在来看，应该是到 2025 年。从这一点来看，应用到民用上，还需要漫长的路要走。

ITER 这个国际组织成立以来，领导人已经换了三任，前两任的领导人都是日本人，现在是法国人。每个领导人上任，都会提出自己的时间表，但现在看来都不能按时完成预定的目标。由此可见，核聚变的研究是一项非常漫长的科研进程，曙光永远在前面，需要的就是坚持再坚持。

国际合作是一件有趣的事，合作的最大益处就是能够促进科学的快速发展、进步。比如每个人提出的想法，都不希望被别人否定或是推翻。既然不希望被否定、推翻，那就要拿出真本事，拿出不被否定、推翻的观点，这也从另一个方面促进了科学研究的前进。

在国际合作中，不仅要拥有科学水平，还要有民族骨气。

姚达毛说，在这一点上，等离子体所的几任领导都表现出了民族气节。比如霍裕平，不仅在中国进入 ITER 这件事上起到了重要的推进作用，还是一个敢于教训那些傲慢外国人的中国人。

是吗？我问。

姚达毛说，有一次等离子体所推荐一个中国科学家进入 ITER 工作，一个傲慢的德国人不同意，霍裕平问他理由。这个德国人想了半天，说出的理由是这个中国科学家年龄偏大。霍裕平急了，用严谨的数据还有诸多事实，告诉那个德国人，不仅年龄不是障碍，这个中国科学家还拥有最好的条件，随后，他又拿出许多事实证明，最后那家伙低头不言语了。

在这个国际大家庭里，看上去，似乎表面上都是客客气气的人，实际上都在暗中较劲儿。许多在 ITER 工作过的中国人，都表现出了豁达大气的风度，赢得了国外同行的尊重。

姚达毛说，他和在办公室一起工作的国外同行，关系也处理得特别好。其中有个法国人，对中国人也特别友好，有时会邀请中国人去他家里做客。他们对中国根深蒂固的偏见，也在这种接触中逐渐改变，真正认识到中国科学家是有水平的，是彬彬有礼的，是可以信赖的好同事、好朋友。

关于交流这个问题，我觉得不仅在科学领域，在其他领域也是这样。交流的重要性，已经被越来越多的人所认同。

姚达毛还告诉我，最初在 ITER，只有 7 个中国人，工资低，岗位都是不重要的岗位，那里等级森严，工资分成好几个等级，每个等级又分成十几个层次。现在有多少中国人呢？已经有八十多人了，而且在管理岗位、技术岗位上的人数也都有了增加，岗位等级也在不断提升。这就明显可以看出，中国的国际地位的提升。这种提升，绝不是喊出来，而是做出来的。因为中国人虚心好学，消化能力强，很快能够融入新的科学观念中。

在 ITER，每周 4 个工作日，夏季和新年都可以回来休假。以前福利待遇也还不错，坐班车免费、喝咖啡免费，吃饭可以只付一半费用。但是现在为了压缩经费，所有的免费项目全都取消了，生活成本也就提高了。

姚达毛说，在 ITER 工作几年，最大收获就是严谨，若稍微因疏忽而造成损失，受处罚的力度很大。还有一点是，不要总想着"弯道超车"，这样的机会不能变成常态，还是要遵照科学规律，一步一步走，不把这个投机取巧的毛病克服，将来是要吃大亏的。

与姚达毛告别后，他的警醒话语还在我耳边回响，令我身上的热汗，顿时消退了不少。

五

"堆",曾经说过了,它所代表的内涵是什么也讲了。但是关于我们的"堆",还是要再仔细说一说。因为我们的"堆"是在 ITER 基础上的再出发。

尽管 ITER 的研制与制造,距离真正的商业应用还有相当长的路要走,但是人类看到了核聚变和平利用的前景。全面参与 ITER,对于我国既是一个挑战又是一个机遇。因为这有利于磁约束核聚变研究的"走出去"和"引进来",对于我国核聚变研究实现跨越式发展,起到了重要的推动作用。

也就是在这样的基础上,我国自己单独研究核聚变的"堆",开始提上日程。根据我国自己的核聚变发展路线图,中国聚变工程堆也就是 CFETR,将是我国新一代超导托卡马克聚变工程实验堆。它的定位是,在建造核聚变电站之前,基于中国已有的设计和运行多个托卡马克以及加入 ITER 的经验,设计和建造一个聚变工程实验堆。

我看过 CFETR 的效果图，CFETR 在一片绿色树木之间，大门进口处就像一只展翅飞翔的大鸟，带着一种特别的气势，带着一种特别的自信。我也看过那片已经征地完毕马上就要进行土建的地块，虽然现在还是一片荒芜，但是前景已经展现，我们又向最后的终极目标——核聚变电站，有力地前进了一大步。

这一大步，承载着几代人的热切期盼。

其实，CFETR 很早就已经开始布局。在我采访中，很多人都在提 CFETR，不仅是领导，普通科研人员也十分关心，它已经成为等离子体所的未来。

早在 2011 年，CFETR 设计工作就已经开始了，目的在于开展我国聚变工程实验堆工程的概念设计，消化吸收先进的磁约束核聚变装置设计的关键技术，进行聚变堆的集成设计及其关键技术的研发。它的建设，对于我国完全掌握设计和建造下一代聚变堆的技术有着不可忽视的重要的战略意义。

如今，CFETR 已经确立了装置科学和工程目标，确定了装置的总体布局和关键参数，在计算和核实工程可行性基础上完成了超导主机详细工程概念设计，并完成了氚工厂、电源等分系统的初步概念设计，一些重要的研发项目已经启动并取得了相应进展。

CFETR 的建设，有利之处到底在哪里？

CFETR 能够演示连续大规模核聚变能安全、稳定发电的工程可行性，因此被称为工程实验堆。与 ITER 相比，它具有以下两点先进性：

一是实现稳态或长脉冲"燃烧"等离子体，在其生命周期中要求有效运行时间大于 50%。而 ITER 呢，该指标只有 4% 到 5%，可见差距有多么大。

二是在包层中实现氚自持，也就是说未来 CFETR 能够实现氚的自给自足，相比于 ITER 需要人为加入氚，向实用化更进一步。

我们为什么要建设我们自己的"堆"？这又是一个可以细说的话题。

一方面可以减少 ITER 建设延迟对我国核聚变研究进度的影响，另一方面可以全面消化吸收 ITER 的关键技术，达到真正掌握聚变堆相关的物理工程技术的目的。

从等离子体所最初的 CT—6 到 EAST，我国的磁约束受控核聚变征程，已经走过了近半个世纪，一代又一代科研人员攻破了相关的物理和工程难题，使我国磁约束核聚变的发展，经历了从无到有、从弱到强、从跟随到领跑的跨越式发展。

回首过去，数代托卡马克装置的成功建造和运行，为未来稳态、先进聚变实验反应堆奠定了良好的工程技术和物理基础，形成了以聚变工程实验堆为基石，兼顾相关实验目标，进而实现核聚变电站相关问题研究的完整聚变研究路线。

据了解，CFETR 两个先期的项目——国家应用超导工程技术中心、偏滤器测试平台，已经列入"十三五"国家重大科技基础设施规划项目。各项预研和先期的设计工作正在积极筹备中，等待国家相关部门的正式批复。

我们现在可以展望，到那时我国将继续引领磁约束核聚变领域朝着更高的科学目标迈进，向核聚变能的和平开发利用目标更进一步。

能源危机是全世界共同的话题，磁约束核聚变和平利用是全人类共同的梦想，所有中国人都希望人类第一盏由"人造太阳"点亮的灯，在中国率先亮起来。

这是我的希望，是你的希望，也是他的希望。

第七章　坚定的基石

Chapter Seven

一

　　我一直认为，一个集体的前行，离不开一个有力的"带队人"。我所说的"带队人"，并非真的是一个人，而是指"领导班子"。没有一个强劲、团结的领导班子，怎么能使一个集体不断强大、走向辉煌呢？

　　等离子体所之所以四十年来不断取得成功，就是因为他们在每一个历史阶段，都有一个相互团结、互相协助的领导班子。之前的领导班子，在前面章节中已经介绍过。那就再说一说我采访到的现在的领导班子，还有研究院的领导。

　　他们是匡光力、李建刚，还有万宝年、张晓东。

　　还是先从现在等离子体所的所长万宝年、书记张晓东说起吧。

二

我在见到万宝年之前，已经读了他主编的一本书，名叫《人造太阳》。这本书非常重要，让我这个"物理学门外汉"对托卡马克装置有了一个比较清晰的理解。

当然，还是有很多迷惑的地方。当有人得知我要采访核聚变科学家，立刻出来质疑说"人造太阳？太阳温度那么高，你拿什么包裹它"时，我依然哑口无言。

我就是这样懵懂地踏上科学岛，懵懂地开始了一系列采访。

当我把这些情况讲给万宝年时，他淡淡一笑说，不懂托卡马克的人太多了，他也遇到过这样质疑他的外行人。至于那本《人造太阳》，他更是笑起来，他说编这本书的目的很简单，就是让具有普罗大众能够看懂，算是科学普及读物。

我尴尬地笑起来。我也知道，他并没有嘲笑我的意思。我确是觉得，这是一个心思简单的人。

万宝年个子不高，宽脑门，大鼻子。他穿着深蓝色 T 恤、棕色皮鞋，戴着一块带计步功能的手表。看他的装束，你不会想到他是研究核聚变的人。他说话时，有时闭着眼睛，不知道是因为疲惫，还是因为习惯。

总之，看上去，万宝年极为普通。

万宝年很忙。我按照约定时间来到他办公室时，门前站着好几个人，等着他签字。在他办公室外面，有一块牌子，上面写着"所领导办公室"，下面是他的名字，在岗位一栏，写着"所长"两个字。同时还标有 3 种状态，也都标注在牌子上面，分别是"办公""开会"和"出差"。这样悬挂在办公室门外的牌子，每个领导办公室外面都有。从这一点能够看出来，这是一个严谨的单位。因为细节决定全局。

万宝年太忙，我不能耽误他太多时间，所以我用惯常的套路说，万所长，我要占用你一个半小时，怎么样？

万宝年笑着说，没问题，谈吧。

万宝年讲了等离子体所创办之初的艰辛，讲了陈春先的开科技改革风气之先，还讲了当时的中国科学院副院长张劲夫，从那个时候起，中国科学家就已经开始关注等离子体了。

但在现实生活中，一般的普通百姓，并不知道等离子体到底是什么，甚至好多人都没有听说过这个词。核聚变研究在大众眼中，还是一个普遍陌生的话题。这就是现状。

万宝年 1982 年来到岛上攻读物理专业的硕士学位。在此之前，他毕业于扬州师范学院物理系。通过这些信息，能够判断出他的年龄。没错，很容易猜出来，他是 1962 年出生的。

　　他在等离子体所获得硕士学位，紧接着又到中国科技大学接受德语培训，一年后，前往德国维尔茨堡大学物理系，继续学习激光物理和气体动力学，在德国获得了理学博士，又继续从事博士后研究。

　　当年，等离子体所轰轰烈烈进行 HT—7 项目时，万宝年正在德国留学，没有机会参与 HT—7 的改造。回国后，他全程参与了 HT—7 的运行、实验和 EAST 建设工程。但从他离开等离子体所出国深造开始，身在国外的万宝年始终关注国内聚变领域的变化。那时候正是 20 世纪 80 年代末，出国是一件了不起的事，万宝年留学的目标是要学习真本事，学习国内还没有多少人知晓的核聚变研究知识。他很少出去游玩，几乎把所有的时间都用在了学习上，这是万宝年积蓄能力的机会，他焚膏继晷，他要用能力去报效国家。

　　万宝年回国了。

　　我问万宝年，作为所长，你认为一个科研单位最为关键的事情是什么？

　　万宝年几乎没有考虑，脱口而出：自主发展，稳定团队。

　　万宝年举例说，当年霍裕平引进苏联 T—7，你也听说了吧？许多人反对，我是赞成的，因为有了经过改造后的 HT—7，中国的核聚变研究才得以登上国际舞台，这是找准机遇、自主发展的结果。随后万元熙领导下的 EAST 成功，让中国的这项科学技术彻底走在了国际前列。他们两个人都是有功劳的，两代托卡马克装置的建设，凝聚、锻炼、培养了一支青年科研队伍。

"自主发展"和"稳定团队"，这两个方面是相辅相成的。放眼当下全国等离子体研究方面的高端人才，很大一部分都是从合肥等离子体所走出去的，他们已经成为全国聚变领域的栋梁。

你当年是怎么从德国回来的？我好奇地问万宝年。

万宝年笑了，我是被万元熙"鼓动"回来的。

此话怎讲？

万宝年打着手势说，你来岛上好几天了，可能听说过，当年所里很多在国外留学、访问、工作的人，都是被"鼓动"回来的。霍裕平有"鼓动性"，万元熙也有"鼓动性"。他俩性格不同，但都有一个共同特点，他们给你描绘的蓝图，能让你激动不已，你必须跟着他们走。事后证明，他们描绘的蓝图是可以实现的，没有虚夸。

万宝年向我介绍说，万元熙的特点是务实，说大白话。万元熙始终努力培养年轻人，他曾经对万宝年讲，我们要把年轻人培养好，接我们的班，要让他们有本事，要让等离子体所发展越来越好。

等离子体所的历任所长，都是很有说服力的人。现任所长万宝年也是一个很有说服力的人，他看上去很平和，不是高大威猛的类型，但话语很有力度，是那种不动声色的力度。我仔细端详过年轻人看他的眼神，有尊敬，还有一点害怕的感觉。

万宝年是有宏大视野的带头人，他给我分析当下中国核聚变研究在世界上的地位，没有使用科技术语，说的都是大白话，我能听懂。

他说，过去我们主要是学习，是"输入"外国的东西，现在不一样了，我们还有较大比重的"输出"。看似一个字的变化，但是"入"与"出"，代表完全不同的国际地位。现在中国与美国、日本、欧盟等的合作，主要是"以我为主"的合作，不让人家牵着鼻子走，要按照自己的发展步伐和节奏走，也就是一定要有主心骨，不能做墙头草。

如今在世界核聚变领域，中国的腰板已经挺起来了。

最近这些年，来等离子体所进行合作研究的外国人越来越多，每年有四千多人。过去以印度、巴基斯坦为主，现在还有日本、韩国以及美国等国家，其中有交换生，也有研究生，还有做博士后的。

万宝年说，这一切说明一个问题，我们在世界核聚变领域的地位不断提高。遥想当年，我们被他们看不起，大会交流做报告没有机会，只能做个大字板放在人家走向会场的通道上，哪有人看？而这一切的变化，都是中国科研人员用了四十多年时间，一步、一步走过来的！我们过去求欧美国家培养我们的学生，他们不屑一顾，现在反过来了，欧美国家要把学生送到中国来。

万宝年显得有些激动，甚至已经忘了跟我"一个半小时"

的口头约定。他依旧有着讲述的欲望。

万宝年认为，核聚变研究已经到了开始"堆"的阶段，到了必须"以我为主"的阶段，在这进程中，我们还需要大力进行科技开发，比如现在的科学仪器、制造仪器等有不少需从国外购买，什么时候这些仪器我们也能研发、制造出来，我们的科研水平将会有一个大的提升。

万宝年是一个看上去有些单调的人，似乎生活中也没有多少业余爱好，但有一点必须强调，他内心充满了深厚的情感——对亲人感情的珍惜。

他说他在公派德国学习、工作期间，母亲去世了，他回国一年后，岳父去世了，紧接着一年以后，父亲也去世了，亲人的不断离去，让他心情沉郁了很长一段时间。他的夫人在一家科学期刊当编辑，岳父母那边就她一个女儿。

所以要更对她好，对她母亲更加关爱。万宝年特别强调。

我没有想到万宝年会主动说起自己的家事，这让我非常感动。同时也能看出来，他并不"单调"。他的情愫埋藏在家庭生活中，在"家"中氤氲、生发。

万宝年的有情有义，不仅体现在家事上，也表现在国事上。

20 世纪 80 年代末，中国与西方国家关系微妙。他们这批在德国的留学生，当时有一百多人，其中有 3 个人申请定居德国。万宝年知道后非常生气，当即中断了与这 3 个人的联系，其他同学跟他做法一样，没有人再去搭理这 3 个人。

万宝年说到这里，有些激动起来，他好像提高了声调，说，你可以留在国外生活、工作，这是个人自由，没有人会阻拦你。但你不能在国家危难之时做这件事，而且是把国家危难当作一张方便自己的牌，这样的举动，是令人不齿的。你要是凭着自己能力定居，或是留在国外，那是另一个问题。

他还告诉我，他在国外还有好多当年的同学，他们不是在国家危难之时留下来的，他们没有使用"国家危难牌"，所以他还跟那些同学联系，如今等离子体所需要他们帮助的时候，只要他跟同学们讲，这些身在海外的同学们全都答应帮忙，没有一个人索取报酬。他们是爱国的，他们是用个人力量来给国家办事。他们不会得到任何好处，但是他们去做了。

这个男人，心中有着大气象，有着大格局。

因为早已经过了约定的时间，我只好匆匆告别。

万宝年把送我到门外，走了几步，我回头向他招手，示意他快点回去吧。他依旧站在门口。

那一刻，我感觉他身形伟岸。

三

等离子体所的党委书记张晓东，是一个异常低调的人，也是一个温和的人。在等离子体所，我来时见了他，走时也见了他。作为所里的一位主要领导，我特别想采访他，但数次被他婉拒，他温和地告诉我，还是把时间留出来，多见一见其他人，多听听奋战在第一线的科研人员、工程技术人员的故事。

他应该是一个不事张扬的人。凭我直觉，他不会在公开场合长篇大论，合影照相时，他肯定会选择站在后排或是边上，假如不是工作需要，他绝不是一个喜爱出头露面的人，但出了事或是需要担当责任的时候，他定是第一个站出来的人。这样性格的人做党建工作，当党委书记，确是特别适合的人选。

张晓东身材敦厚，面容和善，第一次与他相见，感觉就可以跟他说心里话。虽然他头发已经白了，远看年龄有些大，但近看还是属于英俊型。我曾经在一本资料上，看过等离子体所 20 世纪 80 年代的合影照片。站在后排的张晓东，头发稍长，脸型瘦削，有棱有角。当合影照片上的同事们都是军便服、蓝便服时，他则穿着一件棒针毛衣，有着时尚的男性魅力。后来我才知道，那张现任书记张晓东穿着棒针毛衣合影的照片，在等离子体所年轻人中间广为传看，这让所里的"90后"和"00后"有着对改革开放40年的另一种印象。这也能显示出来，内敛、谦逊、低调的张晓东，其实是一个内心有着超前意识的人，是不拘一格的人。只不过，这些东西完全被他低调的性格、说话声音不高的习惯以及不喜欢显露自己的个性遮蔽住了。

张晓东，安徽宿州人，出生于20世纪60年代，也就是我们常说的"60后"。

在科研院所这样一个知识分子扎堆的地方，负责行政、任党务工作，说实话并非一件容易的事，既要尊重科学、尊重科学规律，也要做好党建工作。既要把党建工作抓好，也要促进科研工作。"主体责任"要经常闪现在脑子之中。这就需要党委书记具有一定的政治高度，保持全局观、大局观，能通过党建工作促进科研，还能成为科研人员的知心人。这确实是一项极具挑战性的工作。

但张晓东做得很好，所有人跟我说起张晓东，都是众口称赞，一致的好评。尽管他一句都不跟我讲他自己的情况，但我还是通过与其他人交谈，多少了解到了他的一点情况。

也豁然明白，他为什么能把党建工作做得这样好？原因很简单，因为他还是一位颇有成就的科研人员，所以他在工作中才能驾轻就熟，也就是我们常说的"内行领导内行"，因为内行人知道内行人想什么，专业人士知道专业人士想干什么，这样才能让个性鲜明的科研人员承认和拥护。

那就让我们先看一看张晓东的"专业轨迹"：

他 1984 年毕业于清华大学工程物理系，后在等离子体所获得工学硕士、理学博士学位。20 世纪 90 年代中期，前往德国马普学会等离子体物理研究所做访问学者。2002 年后，到日本、韩国、法国等国家，访问过相关实验室。他还是国家自然科学基金项目负责人、研究员、博士生导师。他曾经担任托卡马克物理实验室的副主任，中国科技大学研究生院的客座教授。他目前重点研究的项目是托卡马克稳态运行实验以及控制技术、等离子体的高约模和等离子体中径向电场的数值模拟计算。

记得在采访刘琼秋的时候，他跟我讲了一个小故事，通过这个故事，能够看出来张晓东隐藏在谦逊风格后面大刀阔斧、勇于承担的精神。

那年，等离子体所建设变电站，需要合肥供电公司提供保证书。只有拿到合肥供电公司的保证书，北京方面才同意这座大型变电站设在合肥，设在等离子体所内。由于时间紧、任务急，那天下午三点钟之前，必须将合肥供电公司的保证书传真到北京。这件事已经拖延了有一些时间，总是出现这样那样的问题，一直定不下来。后来北京方面来电，在还有半天时间的情况下，张晓东紧急带领供电系统的人到了合肥供电公司，面对突发问题，在来不及与所里主要领导商量的情况下，张晓东当即拍板，出了问题，他来承担责任。于是，保证书快速拿到手，在离下午三点钟仅剩半个小时的情况下，及时传真到北京，为等离子体所的供电提供了保证。

刘琼秋没有跟我具体讲这件事的来龙去脉，也没有讲太多的细节，单凭他说这件事时脸上露出来的敬佩目光，我就能感受到这一定是非常棘手的一件事，可见温和的张晓东书记，真到了关键节点上，是能毫不犹豫挺身而出的。

在一个人的一生中，尤其是在和平年代，很少出现关乎生死的大关头。而在面对荣誉和责任时，该如何选择，这是考验一个人精神价值的"温度计"。

在这个"温度计"面前，张晓东的行为是符合精神价值衡量标准的。

在等离子体所纪念40周年的活动中，我看到了等离子体所领导班子成员的一张合影。万宝年、张晓东站在中间，两边都是班子的其他成员。他们手拉手站成一排，万宝年和张晓东的手，紧紧握在一起，我能感觉出来他们握手的力度。只有等离子体所的这两个带头人把手握紧、握牢，领导班子才能团结一致，继而带领全所上下，不断向前迈进，不断取得胜利。

四

等离子体所的同年代人当中，与张晓东性格截然不同的，当属李建刚了。

李建刚比张晓东小一岁，1961 年生人，先后担任过等离子体所的副所长、所长，与万宝年、张晓东同为领导班子成员之一。李建刚还是 ITER 理事会的理事，2015 年当选中国工程院院士。

李建刚也是安徽人，出生在合肥庐江。20 世纪 70 年代末，在哈尔滨工程大学船舶核动力专业学习。他是 1982 年来到等离子体所的，至今已有三十多年了，算是等离子体所开创基业的那代人。

李建刚是我唯一没有见到本人而还要写他的，这是一个特殊情况，因为他一直在国外讲学、工作，始终没有机会见面。虽然没有见到，但是看到过他做讲座的视频，也看过他的许多资料，还听许多人提到他。所以，即使没有见过面，也还要写他，因为他在等离子体所发展历史中，是一位必须要提到的人物。

除了他在专业上的突出成绩——长期以来从事聚变研究，主持国家大科学工程项目，在超导托卡马克工程系统设计、系统集成和科学研究等方面，解决了一系列的技术难题，曾获得过两项国家科学技术进步一等奖之外，他还有鲜明的工作方法和个人特点。

李建刚是一个大刀阔斧的人，在他当所长期间，他敢于拿出"大观点"，他有一句口头禅——"这都不是事"，所里的上上下下都知道。可见，什么"大事"到了他那里，都变成了"小事"。不管什么事情，他都敢于说话，敢于把"惊天动地"的话"扔出去"，有人替他担心，豪言壮语讲出去了，万一实现不了怎么办？那可是在大庭广众之下呀，那可是面对新闻媒体呀？

李建刚听到人们紧张的议论，摆摆手，毫不在意。当然，他敢那样说，显然心里有底，他手里握有"金刚钻"。还有一点特别重要，所有人都清楚明白，李建刚的豪言壮语是建立在全所人员共同努力之上的，是建立在大家共同精神追求之上的，所以他才有底气，他才敢说。他的豪迈是因为拥有等离子体所的宝贵精神——团结协助精神、集体主义精神。

我曾经看过李建刚的资料。他曾经做过近二十万次的物理实验，其中有近四万次是失败的。也正是这些失败，让他具备了科研耐力。

譬如在关于人类寻找新粒子之路上，他就曾经举例说，如果宇宙是一个大鱼塘的话，那么这个鱼塘里有许多"鱼"（也就是粒子），这些粒子藏在里面，人类如何发现并研究它们，无外乎有两种方法：一种是先发现再去研究，并完成理论；另外一种是先预言，再去发现它。

可以讲，无论哪种办法，都需要具备耐力，具备不怕失败的精神。李建刚当所长，又一次证明了一定要内行人领导内行人，这样才能获得成功。

李建刚出了名口才好。我也看过他的一个短视频，是向大众介绍托卡马克装置。他面对一般听众，仅用了不到 50 个字，就清晰地解释了托卡马克装置的情况，通俗易懂，就算是一个从没接触过托卡马克实验的人，只要具备普通高中水平，就能完全听懂。

我总是想起关于李建刚的两个细节：穿着唐装与在国外工作的留学生见面，向他们描述等离子体所的发展前景；请退休的老职工吃饭、打保龄球，给老同志留下难忘的记忆。

这是一个充满人情味的科学家，这是一个能言善辩的科学家，这是一个关注青年人才培养的科学家。

李建刚曾经讲，国家科技部等 4 部委曾经开展人才培养计划，希望通过 4 年时间，能够培养一千个工程、物理和管理人才，该培养计划的成果，已经在后来的科学实验中起到很好的促进作用，这些人才已经脱颖而出。已经有超过三千名科学人才加入到这个特殊项目中，最大的现实成果是，核聚变实验室已经进入高校，在后续人才培养上，我们国家始终没有间断。

李建刚始终"向前看",始终关注未来。显然,我们的"堆"同样也是他的关注点之一。

在关于我们自己的"堆",也就是 CFETR 的展望上,李建刚的看法是,一期,还是要采取类似 ITER 相关的技术,目标是 20 万千瓦,实现稳定、可靠、安全、氚自持,还有最根本一点,那就是一定要稳态运行。二期,要以自主创新为主,目标要大于 100 万千瓦,探索示范堆先进安全的重大科学和技术问题,研究聚变堆材料和发电效率,开展聚变电站的安全和经济性研究,为 21 世纪中叶,中国独立自主大规模建设聚变电站奠定坚实的科技基础。

这是一个三步走的战略。第一阶段,在 2021 年左右,CFETR 开始建设;第二阶段,在 2035 年左右,建成聚变工程实验堆,开始大规模科学实验;第三阶段,在 2050 年左右,聚变工程实验堆实验成功,建设聚变商业示范堆,实现人类终极能源的目标。

李建刚一定是个充满魅力的科学家,这是我完全凭着一种本能的认定。

五

匡光力是最后一位被采访者。

这完全是凑巧，但也符合一种规律。因为他现在的职务，可以讲是这个小岛上科研院所的最高行政领导——合肥物质科学研究院院长。

不管这样的安排是否巧合，让匡光力院长最后接受采访，真是极好的安排，我可以听他讲述等离子体所以及合肥物质科学研究院的整体风貌，还有一些我心中没有得到解答的问题，可以全部抛给他，看看他会给我怎样的答案。他必须回答我，因为他是院长，他不回答我，还能有谁呢？

匡光力，1961 年出生于革命老区安徽六安，1983 年从安徽大学物理系毕业，1990 年在等离子体所获博士学位，随后前往德国做访问学者。后来在霍裕平的召唤下，回到合肥研究院等离子体所。

刚来小岛上时，匡光力担任所里的微波加热研究室主任，

2000 年的时候担任等离子体所的副所长和党委副书记。仅仅一年以后，他就升任合肥物质科学研究院党委副书记、副院长，同时兼任等离子体所的副所长。2005 年，他担任研究院党委书记、副院长。2014 年，他升任研究院院长。

就像等离子体所的党委书记张晓东一样，匡光力不是纯粹的行政领导，他还是一位卓有成就的科学家。他的主要研究方向是热核聚变和等离子体物理研究。他曾经作为项目研究负责人，主持完成了 HT—7 上的长脉冲低杂波驱动电流系统的设计、建造和调试工作。他还负责过 HT—7 低杂波驱动电流的实验研究。匡光力先后在 1996 年和 2001 年，两次被评为国家 863 高技术计划先进个人；1997 年，被评为全国优秀留学回国人员；2005 年，获安徽省科技进步一等奖。

这些似乎还不是匡光力最显赫的科研成绩，他最耀眼的科研成绩，其实是强磁场项目。

在整个科学岛，能与 EAST 比肩的大科学装置就是强磁场实验装置。这是国家重大科技基础设施，也就是我们俗称的大科学装置。他就是稳态强磁场实验装置的项目负责人。有人告诉我，实际上强磁场项目是匡光力一手"操办"而成的，也就是说，他是这个项目最主要、最为关键的人物。换句话说，强磁场项目是匡光力的"孩子"。没有匡光力，可能也就没有现在的强磁场。就像 HT—7 之于霍裕平、EAST 之于万元熙一样，这些重要的科学实验装置，其实在某种程度上，是与一个具体科学家紧密相连的。

我见到匡光力的时候，他正在打电话处理工作。他给我的第一印象，完全就是我心目中的大学教授模样。果然，我把我的感觉告诉他，他说现在还兼任安徽大学的校长。

匡光力中等个子，看上去似乎更高一些。他的头发有些蓬松，似乎每一根头发都在努力向上冲，争先恐后地冲。

我知道他很忙，不可能给我太多的交谈时间，我还是定位在一个半小时。我一直认为，大致了解一个人，一个半小时应该是一个差不多的时间。半小时铺垫、半小时进入正题，还有半小时情绪放松。每一个阶段都能有那个阶段想要的问题出现，甚至放松阶段也能出现正题阶段没有说出来的事。

我问匡院长，当初在德国做访问学者，是怎么回国的？

我听到很多关于霍裕平、万元熙、李建刚"海外挖人"的故事，也想知道匡光力是被谁"挖"回来。

匡光力笑道，是霍裕平，霍老师。

当时匡光力已经在德国和某家科研机构签了一个 3 年合同，当时他 31 岁，已经干了一个多月。霍裕平要"挖"他回来，现在想来，对他还是有一定风险的。因为单方面解除合同，需要承担对方的一定损失。匡光力没有跟我细讲辞职离开的诸多麻烦，但我也能想到严苛的德国人一定不会轻易放人的，匡光力肯定会有一些损失，只是他没有跟我讲。

匡光力回国后，承担的一个项目有七百多万元经费，当时所里的全部科研经费才一千多万元。匡光力说，当时感觉身上的压力极大，因为稍有疏忽，哪怕是微小环节的失败，都有可能导致经费的巨大损失。

匡光力没有跟我细讲他的心境，但任何人都能琢磨出来"七百多万"和"一千多万"之间比例所带来的精神压力。匡光力说的是大实话，要是没有精神压力那才怪呢！

我能感觉出来，匡光力作为研究院的"一把手"，他是一个善于"抓大放小"的领导，非常细节的地方，他不会跟我具体讲。从这点也能揣摩出来，他对一个半小时"交谈"把控得很紧。这说明他是一个严谨的人。管理一个研究院，严谨是必需的。

我们的交谈内容颇为广泛，但有一个"中心轴"，就是始终围绕等离子体所。他认为做托卡马克装置这件事，意义极大。其中包含对科研人员的意义，对国家的意义，尤其是对我们国家科研人员的培养和储备，都起到了极为重要的作用。如果核聚变发电试验成功，在整个世界都会引起巨大的震动。因为核裂变发电对地球的潜在影响太过严重，那些核废料即使到了一万年以后，还会有泄漏问题出现。哪怕不泄漏，不管埋多深，都会对土壤、水质造成无法挽回的损失。所以核聚变研究太重要了，就是说上一万遍都不为过。应该把这种重要性不断向全社会讲。这样才能得到社会的理解、支持和关注。

我转变话题，问匡光力，作为曾经的等离子体所领导、现在的研究院领导，怎么看待等离子体所？

匡光力说，就拿我在等离子体所 40 年庆祝大会上的发言来说吧，我没有按照所里给我的讲稿来念，稿子是我自己写的，我必须站在全院角度上来看待等离子体所。所以一定要客观，绝对不能感情用事。

我明白了。

匡光力对于核聚变研究，有着更高层面的看法。通过 40 年的科研历程，他认为这也是中国科技发展的一个缩影，一定要做得更好，没有任何理由不把它做好。在"大"的方面是这样，在"小"的方面也是这样。他举例说，比如我们研究核聚变，这是一项长期的科研过程，距离真正用于民用发电，还有非常漫长的路要走，但是能不能在这期间，把核聚变研究带动起来的其他科研成果快速用于民用，这是需要我们认真考虑的，不能浪费这些科研资源，越早用越好。

有吗？我追问。

匡院长说，当然有了。

比如对癌症的治疗。在核聚变研究中产生了众多技术，其中有的技术，就可以用于医疗设备的建造，这些新型设备对癌症诊断、治疗会起到有效的作用，而且这些新的治疗设备会使我国的医疗发展有一个质的飞跃。这些设备并不昂贵，甚至比进口的设备要便宜很多，一般的三甲医院都有能力买这种设备，这对于提升医院治疗水平，提高病情诊断准确性，都有很大的帮助。

匡光力又补充说，我们要一只眼睛盯着聚变研究，一只眼睛盯着社会。这样才能生存，才能立足社会、服务社会。

作为研究院的院长，关注年轻人的成长、发展，始终是匡光力的工作要点之一。

如何能让现在的年轻人沉下心来做研究，这是一件关系到等离子体所发展的大事。外面诱惑很多，所里的工资也不高，要留得住人，更要留得住心，核聚变研究又是一份集体性的工作，每个人都需要做"螺丝钉"，个人很难在核聚变研究中"光彩照人"，也就是说，个人成绩很难显现出来，出来的成绩都是集体的。而且还得要大家相信，核聚变研究是有前途的，不是遥遥无期的，只不过是缓慢呈现，是需要几代人前赴后继的工作。这是需要等离子体所格外重视的一件大事。一定要关注年轻人的心里想法。

在与匡光力的交谈中，我觉得他是"外刚内柔"的人。在干脆利落工作的同时，内心还始终有一种温暖的东西在流淌。往大了讲，是爱国情怀；往小了讲，是感恩心情。他的心里始终装着一种朴素的情怀。

匡光力回忆他的成长经历时，我觉得有一种情怀在感染我。他告诉我，他出身贫寒，从小在农村长大，小时候吃不饱饭，但他学习好，特别用功。

他动情地告诉我，他从大学开始就靠国家奖学金上学，一直到研究生毕业。这也是他从德国回来的原因。他要报恩，报效国家，报答社会。

当时他在德国的时候，正是 20 世纪 90 年代初期，中国与德国生活水平还有很大的差距。当时在德国，他的房子一百多平方米，各种电器齐全。德国导师对他也好，只要到了休息日，就会开着车，带着他四处走走，生活很是惬意。而他回国后，当时家里唯一的电器就是一盏灯泡，房屋面积也只有四十多平方米。

但是当年，他跟妻子商量后，两人决定回来。就像所有回国的科技人员一样，为了自己的国家。

匡光力说，在德国我发表的所有论文，前面都要写上导师的名字，我所有的成果都要记在导师名下，都打上德国的标签。那时候，每当夜深人静，心里总有一种感觉，我是在替人家打工，许多人总是觉得外国好，可是外国再好，那也是别人的家呀，跟你有关系吗？没有关系，一点关系都没有。

当时，霍裕平对匡光力讲，你回来给自己国家搞科研，你要是不顺心，想要再出国，我不拦你，你什么时候想走，我就让你走，我尊重每个人的选择。但是我可以告诉你一句话，科学家一定要做主人！

匡光力回来了，一直干到现在，再也没有出国。前不久，等离子体所 40 年所庆，匡光力看见霍裕平，问他，霍老师，你当年不是说我想走就走吗？你怎么没有兑现？霍裕平双手一摊，很是无辜地说，我没有拦你呀，你现在走，也可以走呀。我没有阻拦你呀！

两个人大笑，所有在场的人也都大笑。

是呀，等离子体所的所有科技人员心中都有一个信念，就是要把核聚变尽快搞上去，尽快把实验堆建好。只要心中的主人翁信念在，就能做好一切。而匡光力想的，就是要把"主人翁精神"发扬光大，要让现在的年轻人理解这种精神，砥砺奋进的精神。一个人要是没有精神照耀，肯定找不到前进的方向。没有方向感，那是会迷路的。

与匡光力的交谈，轻松自然，几乎没有任何障碍，我想问什么，他就回答什么，绝不躲躲闪闪，是一个让人特别敬佩的行政领导、科学家。

所以有些问题，我就直接问他，让他直接回答。比如问他怎么看霍裕平。

让一个重要人物，接受不同视角的"审视"，这个人物就会"立起来"，就会呈现不同侧面。

匡光力说，大家都说霍裕平是一个主观性很强的人，甚至有些"霸道"，听不进去别人的看法。其实不是这样。

匡光力举例说，霍裕平的"霸道"，体现在他对科研的态度上。比如好多人说他冷脸，其实是你没有把问题说清楚。你要是说不清楚，他就会打发你走，不理你。他认为你既然没说清楚，证明你没有考虑好，没有考虑好的事情，你凭什么要打扰别人？

匡光力说，有一次他为了把托卡马克装置的一个问题讲清，想尽了办法，最后他找了一个木匠，打了一个木头模型，然后带着这个木头模型前去汇报。霍裕平看了看那个模型，认真想了想，觉得匡光力的思路还是不行，让他回去接着想。

但是第二天早上，霍裕平直接去找匡光力，说他想了一个晚上，觉得匡光力的想法才是对的，让匡光力按照他自己的想法去做。

匡光力说，这个老师有意思，他是一个能够听进去别人意见的人，只要你对，只要你正确，他就会按照你的想法去做，他就会修正自己的观点。你要是遇到困难去找他，只要这个困难是需要组织上解决的，他一定会帮助你，而且会一步到位，不打折扣。

最后我把"最不好回答"的问题，送到匡光力院长面前，希望得到他的正面回答，或者说希望得到他的看法。

我说，我了解到两件事。一件事，说是当年霍裕平选择等离子体所所谓的"接班人"，造成他与李定的矛盾，在评审会结束后，李定在上百人的场合，直接拒绝了霍裕平的"谈话"邀请，满脸怒气，拂袖而去；还有一件事，当年霍裕平写信给院士评委会，对万元熙的初次申请院士评审提出意见，虽然那次院士申请，万元熙没有评上，但第二次申请，还是顺利通过了，当选了中国工程院院士。

我问匡光力怎么看这两件事？

我担心匡光力躲闪这两个"路人皆知"的问题，所以特意加上一句"您不会不知道吧"。这样，等于堵住了匡院长躲避的后路。

　　我之所以提出这样的问题，就是想把等离子体所的历史做一次梳理，不仅是科研方面的，还有关于人事方面的。既然所有人都知道，包括后来到所里的年轻人；既然大家都在"下面"传讲，为什么不能把这样的事情放在"桌面上"？为什么不能把这些事情从正面来说一下，进而剖析一下呢？这样也会给后面来到等离子体所的年轻人一个真实的交代。

　　我已经做好匡光力不回答，或是婉拒，或是顾左右而言他的思想准备，但没有想到他说了一句，我回答你。

　　虽然他马上说回答我，但我还是担心他躲闪。

　　但是我想错了。

　　匡光力说，首先我要给你纠正，第一件事不是选"接班人"，而是投票选择"百人计划"人才。为什么大家都说是选等离子体所的所长接班人呢？因为入选"百人计划"的人，会在未来所长聘任上拥有一定的资历加分。当时所有人都认为霍裕平一定倾向选择李定，但霍裕平在会上直言不讳，他认为另一个人更合适，那个人是李定的师弟。霍裕平的观点非常明晰，李定适合搞科研，不太适合做行政工作。李定当场不高兴，拒绝老师霍裕平的邀请，也是确有其事。但这件事还有后续，后来所里经过研究，决定再申报一个人，也就是说把一份项目资金分给两个人做，这样对两个颇有成绩的青年科学人才都有帮助，后来中国科学院同意了这个决定，于是李定的师弟和李建刚入选。

　　我长舒了一口气。

匡光力继续说，你问的第二件事，也是确有其事。霍裕平写信给院士评委，这件事也是公开的，他还主动讲给大家，他也讲了不能评万元熙的理由。虽然之前他们之间有过不愉快——当时为了引进 T—7，硬是把万元熙带人研究了两年的托卡马克装置项目"下马"，但后来万元熙还是评上了院士，可见霍裕平也不是"万能"的，万元熙的成绩也不可能因为几封信就会被否定。结果也是说明了这一点。

后来呢？我继续问，40 年所庆，他们也都来了，他们见面时会是怎样的情境？会不会尴尬？

匡光力说，李定看见霍裕平，谈笑风生；万元熙不只是 40 年所庆见过霍裕平，以前也在一起工作。这一次大家都在一个场合见面，都坐在同一张桌子前面，大家问候聊天，没有任何芥蒂。

为什么？我还问，因为我不相信。他们为什么能够不计前嫌，继续合作工作，或是见面谈笑风生？

匡光力严肃地说，因为他们都是高尚的人。因为他们所做的一切都是为了科研，从科研立场出发。他们是优点很多的人，也是有缺点的人，但他们都是没有私心的人。所以他们能够继续合作，能够多年之后谈笑风生。

我再次长舒一口气，再次点点头。

匡光力也再次重复说，因为他们都是高尚的人。

高尚的人！这样的定位非常准确，也令我非常感动。我也对匡光力直面回答、直接分析的行为，感到特别佩服。这是一个有担当的人，一个不会躲避问题的人。现在有个词，叫"主体责任"，这就是"主体责任"。

那一刻，我竟然差点流出眼泪来。

我望着窗外，望着蓝蓝的天。我知道，我不能坐下去了，因为后面还有新加坡科技代表团在等着与匡光力见面。

那一刻，我真的无法想象，院长、校长、科学家，拥有三种身份的匡光力哪里来那么多的精力应对？他又是如何分割时间的？他又是如何在紧张繁忙的行政事务中抽身而出，甚至把强磁场项目推到了全世界先进行列的？

还有许多问题想要让匡光力回答，但是只能再等机会了。

但我相信，等到再次见到匡光力时，等离子体所肯定会有更好的消息，科学岛上会有更好的消息。

留一个谜团，更加充满期待。

六

虽然离开等离子体所有些时日了，但关于等离子体所的消息我始终关注着；虽然离开科学岛了，但关于科学岛上研究院的消息，我也还是密切地关注。

2018 年 8 月份，我看到了这样的消息：坐落在科学岛上的中国科学院大科学装置之一的稳态强磁场项目，在拓扑半金属材料研究中取得重要进展。研究人员通过对层状结构的 PtBi2 在 40 特斯拉高磁场下量子输运特性测量及第一性原理能带计算研究中，发现层状结构的 PtBi2 是新一类三重简并拓扑半金属，相关研究结果已经发表在重要学术刊物上。这项研究，对开发新型电子器件具有重要意义。这项研究工作，也得到了国家重点研发计划项目、国家自然科学基金以及合肥大科学中心等项目的支持。

还有一件事。

国家发展改革委员会和科技部，联合批复了合肥综合性国家科学中心建设方案。经过严格筛选，国家大科学装置集中区，已经落户合肥市庐阳区三十岗乡的柴冲地块。在这地块中的聚变堆主机关键系统综合研究设施园区工程的可行性研究报告，已经进入审批公示阶段。也就意味着，这个占地600亩，建设总投资60亿元，包括设施主体和园区的工程，已在2018年开工建设。

紧接着，2018年的10月，等离子体所的研究人员，利用低温等离子体诱变育种技术，获得品质优良的灵芝等药用真菌的一种安全高效的诱变方法。这也就是匡光力院长所说的利用核聚变研究技术服务社会的一次延伸应用。

仅仅一个月后，也就是2018年11月。

等离子体所再传捷报，EAST装置取得重大突破，实现加热功率超过10兆瓦，等离子体储能增加到300千焦，中心温度首次达到一亿度。获得的多项实验参数，接近未来聚变堆稳态运行模式所需要的物理条件，朝着未来聚变堆实验运行迈出了关键一步。

同样还是11月，又有好消息。

合肥研究院的国家重点科研项目——超导回旋质子治疗系统取得突破，其核心部件之一的"正负185度旋转机架"工程成功调试完成。关键参数指标完全满足治疗需要，为推进质子治疗设备国产化迈出了重要一步。当下，质子和重离子放疗，是当前国际上的先进抗癌技术之一。

就在 2018 年快要结束，2019 年的新年钟声将要敲响之时——12 月 13 日，好消息再次传来。

合肥综合性国家科学中心的第四个大科学装置，也就是聚变堆主机关键系统研究设施正式开工了。

与此同时，科学岛发起成立了国际聚变能联合中心。

还有吗？

下一个好消息是什么？

······

后记

　　我去过位于安徽合肥的中国科学院等离子体所两次，在那个安静的岛上前后住过 13 天，也在等离子体所采访了 13 天。从某种方面来讲，我也算是有过"岛民"的经历。

　　在上科学岛之前，我看了上百万字关于核聚变研究的资料，以及等离子体所提供给我的各种视频资料、历史资料。后来采访又记下了五六万字的厚厚一大本笔记。如今书稿完成，心中有许多感慨。

　　我对"数理化"可谓一窍不通，当年上化学课、物理课时经常会打瞌睡。高考时"数理化"也是考得一塌糊涂。突然走近如此高深的核聚变领域，犹如参加了一次"物理速成班"。如今回想起来，阅读资料、采访科研人员的过程，也是自己的一次"物理成长"的过程。

　　心中的感想太多了，十几万字的容量，根本不能完全书写等离子体所 40 年走过的风雨历程，也不可能完整表现核聚变研究者的精神全貌，更不能把我心中对从事核聚变研究的科学家、工程技术人员的尊敬完全释放出来、表达出来。

但，我尽力了。

想要一直写下去，但总有停笔的时候，总有结束的时候。

从 2018 年的夏季到 2019 年的春天，我一直沉浸在"核聚变氛围"之中，那些被采访者的容貌，经常会浮现在我的眼前。由此也让我对生活、对世界有了新的感受和新的认知。从物理学角度去看生活、去端详世界，竟是那么有趣、新鲜。

物理世界，是一个神奇的世界，是变幻莫测的世界，也是永远充满未知的世界。那些个性鲜明的科学家、工程技术人员，他们的奉献精神、敬业精神总是让我感动不已。我为他们的事迹流泪，为他们的精神感动。他们是真真正正的中国脊梁。

在这次深入生活的采访中，中国作协创作联络部、中国科学院文献情报中心院史馆起到了重要推动作用。他们把作家"深入生活、扎根人民"的口号，变成了实实在在的具体行动，让作家有机会走近陌生的科学领域，走近科学家，近距离了解他们，书写他们高尚的精神和令人敬佩的人格魅力。

等离子体所的张晓东书记、何友珍主任，合肥物质科学研究院综合处的程艳处长，都对这次采访特别重视，仔细安排被采访人员，同时也特别安排相关人员接洽、陪同。中国科学院文献情报中心院史馆的赵耀，始终在北京"遥控指挥"，不时传递过来具体信息，只要作家采访有需要帮助的地方，一定会大力协助。

当然，我还要说一说陪同我采访的人，他们付出了辛勤的劳动。他们是中国科学院文献情报中心院史馆李爽，合肥物质科学研究院综合处孙策，等离子体所综合办蒋缇、叶华龙四位年轻人。

李爽是位化学博士，个子不高，笑脸盈盈。她始终与我保持联系，总是在说"您看，哪里还需要我们协助，您就尽管说"，这让我感觉特别踏实，心中有底。戴着白色眼镜的蒋缇，文静、大方，有着江南女孩气质，总是在背后默默地做联络工作，很少说话，但她把采访安排得井井有条，凡是被采访的人，都是"爱说话"的人，也都是"有故事"的人。叶华龙是一位很有气场的小伙子，他帮我解答了一个问题，让我记忆深刻。那是我刚来岛上时，我问他为什么 EAST 实验内部温度必须要高温？叶华龙说，只有高温，才能进行核聚变反应，否则为什么会把 EAST 叫"人造太阳"呢？他回答得通俗易懂，让初来乍到"物理世界"不知所措的我，立刻有了一种安妥的感觉。最后要说的就是孙策了。在科学岛上，她始终陪我采访，同时也是跟我联系最多的人。她是有个两岁儿子的年轻母亲，性格活泼，做事干脆利落，文字功底也好。她随时给我提供被采访者的基本资料，联系、接洽被采访者，还帮我打印各种资料、联系采访车辆，许多时候她还"指挥"丈夫开车送我去这去那。

一次成功的采访，一段愉快而又时刻感动的"岛民"生活时光。

走近科学家、走近核聚变研究，让我明白了中国改革开放

40 年为什么能够取得这么多重要的成果，为什么核聚变研究能够呈现从跟跑、并跑直到领跑的飞速发展。因为中国人有着永远不服输的精神，有着为民族为国家增光添彩的精神。中国知识分子始终有着自觉的担当意识，有着与生俱来的民族自豪感。

罗兰·巴特曾说，要从人的身上读出书来。而我从中国科学家身上，能读出一种精神——中国精神。

迷人的科学岛，让人时刻迷醉。无论清晨还是傍晚，它都呈现出一种瑰丽的色彩，仔细分辨这种色彩，其实就是奉献精神。

还要再去合肥。

想念你——科学岛。

2019 年 3 月 18 日于天津

　　1978年前后，在方毅同志的支持下，《哥德巴赫猜想》《小木屋》《胡杨泪》等一批反映科学家和科技创新的报告文学作品相继问世，引起了强烈的社会反响。这些被人们认为反映了"科学的春天"到来的激越文字，已经或依然在影响着很多人的人生选择。

　　2013年5月，中国科学院启动了新一轮机关管理体制改革，成立了科学传播局。在传播局的战略规划中，明确提出创作一批反映科技创新、歌颂科技工作者的高质量文化产品，争取可以传世。在中国作家协会副主席白庚胜同志、中国科学院文联主席（现任名誉主席）郭日方同志、中国科学院科学传播局局长周德进同志的倡议下，这一想法明确为创作出版一套反映新中国科技成就的报告文学作品。由此，中国科学院、中国作家协会、中国科学技术协会三方达成联合创作一套大型报告文学作品的高度合作共识。2015年1月，中国科学院、中国作家协会、中国科学技术协会主要领导联合会签工作方案，正式将其定名为"'创新报国70年'大型报告文学丛书"。

知易行难。经选题遴选、作家推荐、研究所对接，到2015年11月13日，"创新报国70年"大型报告文学丛书项目举行第一批选题签约仪式，6项选题正式开始创作。其后，项目进入稳步有序的推进阶段，先后组织了4批选题的编创工作。

这是一个跨部门、大联合、大协作的项目，从工作设想到一字一句落墨定稿，数百人为之操劳奔走，为之辛苦不眠，为之拈断髭须。在选题、作家遴选阶段，中国科学院12个分院近60家院属单位提交了选题方向建议，多家研究所主动联系项目办公室，希望承担选题创作支撑任务；白春礼、侯建国、钱小芊、白庚胜、谭铁牛、王春法、袁亚湘、杨国桢、万立骏、陈润生、周忠和、林惠民、顾逸东、王扬宗、彭学明等20余位院士、专家直接参与统筹指导、选题遴选工作，为从根源上保障丛书水准出谋划策；中国作家协会、中国科学技术协会给予项目高度支持，细心考虑多方因素，源源不断地推荐最合适的优秀作家，提供强有力的支撑。

在调研创作阶段，30余位作家舟车劳顿，不辞辛劳深入科研一线调研采访，深挖一人一事。以"青藏高原科学考察项目""东亚飞蝗灾害综合治理""顺丁橡胶工业生产新技术""灾后心理援助十周年纪实""从人工全合成牛胰岛素研究到人工全合成核糖核酸研究""从'黄淮海战役'到'渤海粮仓'""包头、攀枝花、金川综合开发项目""中国植物分类学发展与植物志书编纂""中国科大'少年班'""李佩先生相关事迹"为代表的选题，因涉及年代较为久远，跨越了一代甚至几代人的时光，部分重大工程参与单位遍布全国，部分中国科学院外单位甚至已经取消或重组，探访困难。纪红建、陈应松、薛媛媛、秦岭、铁流、李鸣生、杨献平、彭程、李燕燕、冯秋子等作家，在选题依托单位的支持下，以科研成果为中心，不囿于门户，尽最大可能遍访相关单位和亲历者，尊重历史、尊重科学的初心始终如一。以"从'望洋兴叹'到'走向深海大洋'""从无缆水下机器人研究到'蛟龙'号载人深潜器""猕猴桃属植物资源保护、种质创新及新品种产业化""我国两栖动物资源'国情报告'""中国泥石流研究""文章写在大地上——植物学家蔡希陶""中国北方沙漠化过程及其防治""冻土与沙漠地区工程建设支持西部发展""唤醒盐湖'沉睡'锂资源""澄江生物群和寒武纪大爆发"为代表的选题，采访、调研的客观条件较为恶劣。许晨、徐剑、李青松、裘山山、葛水平、李朝全、毛眉、李春雷、马步升、董立勃等作家，出远海、访林间、探深山、翻石冈、巡雨林、穿沙漠、过盐湖，亲历一线采风，与科研人员同吃同住同工作，以自己的亲身见闻，撰写出最生动的文章。而以"北京正负电子对撞机及二期改造工程""核聚变领跑记：中国的'人造太阳'""从黄土到季风""载人航天工程空间科学与应用""大气灰霾的追因与控制""高福院士和他的病毒免疫学团队""强激光技术""'中国天眼'及南仁东先生事迹"为代表的选题，涉及大量晦涩难懂的基础科学研究及其前沿进展。叶梅、武歆、冯捷、周建新、哲夫、张子影、蒋巍、王宏甲等作家克服极大困难，"跨界"学习自己所不熟悉的科学知识，甚至成了相关领域的"半个专家"。与此同时，中国科学院下属30余家科研院所逾百位分管领导和工作人员任劳任怨、尽职尽责，为作家创作提供支撑保障。如西北生态环境资源研究院办公室副主任岳晓，曾十余次陪同作家前往一线采访，包括环境艰苦恶劣的青海格尔木站和北麓河站（海拔4800米）、宁夏中卫沙坡头站、新疆天山冰川站和阿勒泰站等。

在审读定稿阶段，科学界、文学界近150位专家参与审读工作，为高质量作品的诞生提供有力保障。"冯康先生及其家族对中国科学技术的贡献"选题作家宁肯在书稿初稿创作完成后，秉着精益求精的态度，充分尊重各方建议，先后进行了三次重大调整，所付出的精力与调研创作时不相上下。"周立三先生对我国国情研究的贡献"选题作家杜怀超对作品精雕细琢，根据审读意见不断修改完善，对笔误也一一审校订正，力争做到尽善尽美。

"创新报国70年"大型报告文学丛书的创作出版工作，已历时五年。这五年中，科学与文学相互激荡、科学家与文学家激情碰撞。这些"碰撞"，也成为开展工作的难点所在。例如，书稿标题的拟定，是应当更平实，还是更富文学性？一项科研工作，是应当尽可能全面展示，还是选取最具可读性的片段施以浓墨重彩？一个或多个工作团队中，应当展现什么人物？又该重点展示这些人物的哪些方面？凡此种种，在成稿之前，作家和科研人员都展开了无数轮"激烈"讨论，经过多方考虑才达成一致。这些或大或小的"碰撞"，在编写过程中，是大家的焦虑所在；在最终呈现给大家的这套书中，也许将是最精华之所在。处理或有不周，但作为一种"跨界"的磨合，相信读者会读出不一样的精彩。

"创新报国70年"大型报告文学丛书项目办公室设在中国科学院科学传播局，联合中国作家协会创联部、中国科学技术协会调宣部共同开展统筹协调工作。项目执行单位先后设在中国科学院计算机网络信息中心、中国科学院文献情报中心。前前后后，数十人为之操劳奔忙，他们是中国科学院的杨琳、胡卉、储姗姗、李爽、陈雪、崔珞、王峥、孙凌筱、张颖敏、岳洋，中国作家协会的高伟、范党辉、孟英杰，中国科学技术协会的孟令耘等。这个团队持续跟踪选题创作和审读进展，及时发现问题、解决问题，付出了大量的时间和精力，保障了丛书的顺利出版。

感谢中国作家协会、中国科学技术协会、中国科学院以及浙江教育出版社的精诚合作，感谢各位专家、作家和工作人员对此项工作的辛勤付出，相信"创新报国70年"大型报告文学丛书的出版能够有力地传承科学文化，推进科技与人文融合发展，弘扬社会主义核心价值观和新时代科学家精神，为实现中华民族伟大复兴的中国梦发挥出独特作用。

"创新报国70年"大型报告文学丛书项目组

2019 年 6 月

图书在版编目（CIP）数据

托卡马克之谜 / 武歆著. -- 杭州 ：浙江教育出版
社，2019.9
（"创新报国70年"大型报告文学丛书）
ISBN 978-7-5536-9358-3

Ⅰ．①托… Ⅱ．①武… Ⅲ．①报告文学－中国－当代
Ⅳ．①I25

中国版本图书馆CIP数据核字(2019)第162154号

"创新报国70年"大型报告文学丛书

托卡马克之谜
TUOKAMAKE ZHI MI

武歆 著

策　　划：周　俊
责任编辑：江　雷　张小飞
责任校对：刘晋苏
责任印务：沈久凌
出版发行：浙江教育出版社（杭州市天目山路40号　邮编：310013）
图文制作：杭州林智广告有限公司
印刷装订：浙江海虹彩色印务有限公司
开　　本：635 mm×965 mm　1/16
印　　张：18.5
字　　数：202 000
版　　次：2019年9月第1版
印　　次：2019年9月第1次印刷
标准书号：ISBN 978-7-5536-9358-3
定　　价：68.00元
联系电话：0571-85170300-80928
网　　址：www.zjeph.com